AF388337

NEUES VON DER MÄRCHENKÜSTE
Vol. 2

Herausgegeben von Maximilian Reeg,
mit freundlicher Unterstützung von
R.SH – Radio Schleswig-Holstein

Copyright © 2022 by Maximilian Reeg & Steffen Lukas
Herstellung und Verlag: BoD – Books on Demand,
Norderstedt, Deutschland
Satz: Germaine Paulus

März 2022
Alle Rechte vorbehalten
ISBN: 9-783755-792406

Inhalt

Vorwort
der Gebrüder Wilhelm und Jacob Grimm

Liebe Leserinnen, liebe Leser!

Herzlichen Glückwunsch zum Kauf des Buches »Neues von der Märchenküste Vol. 2«!

Ihr Vertrauen bestärkt uns in unserem Bemühen, »Grimms Märchen« – die beliebteste Märchenmarke auf dem schleswig-holsteinischen Globus – für Sie stetig weiterzuentwickeln und Ihr Märchennutzererlebnis zu verbessern.

Viel ist seit der letzten Ausgabe geschehen: Wir haben zahllose Säcke voll Gold und überquellende Schatzkisten voller wertvollem Tinnef und Tüddelkram investiert, um uns den Herausforderungen der Zukunft zu stellen.

So haben wir die bis dato mechanischen Server der Märchenmatrix, die noch mit dem Betriebssystem »Butzenfenster 1695« liefen, gegen nagelneue Geräte aus Silicon-Valley-Düsterdeich ausgetauscht.

Unseren Märchendioxidaustoß konnten wir um 84 % verringern, indem wir von Holzvergaser auf einen zeitgemäßen, ökologischen Wichtelmann-Strampelantrieb umgestellt haben.

Bei der Lösung aller weiteren Zukunftsaufgaben wenden wir eine sehr effektive neue Methode an, die wir in der nicht so märchenhaften Welt der ganz realen Menschen gelernt haben: Wir ignorieren die Probleme einfach und betrachten stattdessen Katzenvideos!

Bitte bedenken Sie, dass sich die neu ausgerollte Märchenmatrix 3.0 noch in einem Beta-Stadium befindet. Sollte es an der einen oder anderen Stelle zu intellektuellen Ausfällen der Märchendarsteller kommen, bitten wir, dies zu entschuldigen!

Wenn die technischen Probleme überhandnehmen, schließen Sie bitte das Buch und starten es einfach neu.

Und wenn Sie nicht gestorben sind, dann können Sie jetzt anfangen zu lesen!

Ihre Gebrüder

Wilhelm & Jacob Grimm

Vorstandsvorsitzende
der Gebrüder Grimm Märchenholding AG
und geschäftsführende Gesellschafter
der Märchenmatrix-BetriebsGmbH

König Trottelbart

Es war einmal vor gar nicht allzu langer Zeit, da regierte an der schleswig-holsteinischen Märchenküste der kugelrunde König Klaus Klops der Cholerische. Und der König hatte eine Tochter namens Schackeline, die war so schön wie ein frisch lackiertes Schleusentor.

Schackeline liebte es schon als Kind, König Klaus Klops den Cholerischen auf die Palme zu bringen. Einmal setzte sie einen klebrigen Froschkönig in sein Müsli und ein andermal, als gerade der Papst und seine Frau zum Grillen da waren, platzierte sie auf dem goldenen Campingstuhl des Königs ein Furzkissen. Deshalb musste die Palme im Burghof zweimal jährlich wegen Abnutzung erneuert werden – so oft war König Klaus Klops der Cholerische daran heraufgestiegen.

Doch als das Mädchen heranwuchs und eines Tages so schön ward wie zwei frisch lackierte Schleusentore, da mietete der kugelrunde König Klaus Klops das Internet der gesamten schleswig-holsteinischen Märchenküste. Und er rollte vor seinen Rechner, ging live bei seinem facevolk bei facebook, und er sprach: »Zwei Tage soll im schleswig-holsteinischen

Internet nichts anderes geschrieben stehen, als dass mein hinreißendes Töchterlein, Prinzessin Schackeline, die so schön ist wie zwei frisch lackierte Schleusentore, einen Gemahl sucht, zwecks sofortiger Eheschließung! Spätere Heirat nicht ausgeschlossen!«

»Hähä!«, lachte da Prinzessin Schackeline »Das war ja voll peinlich, Papa!«

Und der kugelrunde König Klaus Klops der Cholerische rollte unflätig fluchend die Wand hoch, die Decke des Thronsaales entlang, einmal um den Kronleuchter herum und auf der anderen Seite des Raumes wieder herunter, so sehr ärgerte er sich über seine freche Tochter. Den Rest des Tages verbrachte er auf der Palme im Burghof.

Bald kamen viele heiratslustige Männer zur prächtigen und wehrhaften Burg des Königs irgendwo inmitten der saftigen, schleswig-holsteinischen Botanik. Und sie staunten über all den Prunk, über den goldenen Zementmischer der königlichen Burgbaustelle, sie staunten über all die edelsteinverzierten Bettler, die vor dem Burgtore lungerten, und sie staunten vor allem über das goldene Dixi-Klo des Königs.

Nun wurden die Freier in der prächtigen Thronstube alle nach Rang und Stand geordnet; erst kamen die Könige, dann die Reeder und Werftbesitzer, die Lottogewinner, die Start-up-Unternehmer, die Ölscheichs und dann die Influenzer, zuletzt die Thermomixvertreter. Und die Webdesigner wurden gar nicht erst eingelassen.

Darauf schritt die Prinzessin die Reihen ab, und

wenn sie auf einen zeigte, so musste er vortreten und dem Prinzesschen artig einen Antrag machen. Doch weil sie es liebte, ihren cholerischen Vater zu ärgern, hatte sie sich vorgenommen, alle Bewerber abblitzen zu lassen.

Bald zeigte sie auf den ersten, und der trat vor und sprach: »Moin, moin, ich bin Dr. Mahnegold, Martin. Ich bin Vorstandsvorsitzender vom Zeitungskiosk in der Scharnhorststraße. Meine Hobbys sind: Zu Hause Volkstanz und in der Firma Affentanz.«

»Jaja«, sagte da die Prinzessin Schackeline. »Aber im Schlafgemach is' dann Totentanz! Palastwache! Der Dr. Mahnegold hat sich 'ne Erfrischung verdient!«

Und die zwei Meter großen, grunzenden Brutalos von der Palastsecurity ergriffen den armen Dr. Mahnegold, führten ihn auf die höchste Zinne der Burg und warfen ihn in hohem Bogen in den Wassergraben. Und Dr. Mahnegold sprach: »Ahhhhhhhhh!« Platsch.

Der kleine kugelrunde König Klaus Klops der Cholerische rollte vor Ärger im Dreieck und er brüllte: »Ja so ein Schiet mit dem Schiet! Zweihundert Puls hab' ich bald, Duuuu! Tut das Not, dass Du meinen Dr. Mahnegold so behandelst? Der hat mir quasi schon mal das Leben gerettet mit seiner Bude, als die königliche Bierkammer leer war! Du bist wohl ramdösig geworden!?« Und vor Wut biss er einen Zacken aus seiner goldenen Krone.

Doch seine ungezogene Tochter hatte schon auf den nächsten heiratslustigen Mann gezeigt. Und es trat ein glutäugiger Araber mit einem prächtigen, edelsteinverzierten Krummsäbel vor: »Ich bin der Hadschi ...«, und alle im Saale riefen wie aus einer Kehle: »Gesundheit!!«

Doch der Araber sprach: »Danke! Ich fang noch ma' an: Ich bin der Hadschi Halef Omar Ben Hadschi Abul Abbas Ibn Hadschi Dawuhd al Gossarah. Von Beruf bin ich Ölscheich in Festanstellung. Und in meiner Freizeit sammle ich Frauen! Und weil die Schackeline so schön is' wie zwei frisch lackierte Schleusentore, biete ich gleich mal 27 Kamele!«

»Los! Schackeline! 27 Kamele! Das machen wir!«, rief da der König Klaus Klops der Cholerische. »In der arabischen Schwackeliste stehst Du für 18!«

»Aber, Papi! Der hat doch 'n viel zu langen Namen. Wenn ich den zum Mittagessen mit seinem vollen Namen anspreche, dann is' das Labskaus kalt, bevor ich fertig bin. Und außerdem: Wie kann man nur mit 'nem derart verbogenen Säbel rumlaufen? Palastwache! Der Hadschi Halef Dingsbums kriegt 'ne Ehrenkarte für'n Streichelzoo!«

Und die Palastwächter, die so breit waren wie eine Schrankwand mit Vitrine und so dämlich wie ein Kartoffelknödel im Kochbeutel, ergriffen den armen Hadschi Halef Omar und warfen ihn in den Bärenzwinger.

Der kugelrunde König Klaus Klops der Cholerische hatte indessen vor Wut zwei weitere Zacken von seiner Krone abgebissen und brüllte: »Das kannst Du doch nich' machen! Die Bären sind doch auf Diät! Und außerdem: Wo soll ich denn jetzt das Heizöl für unsere Burg herkriegen, wenn Du mal eben den einzigen Ölscheich an der schleswig-holsteinischen Märchenküste als Bärenchappi verfütterst? Du Torfkopp!« Und wieder biss er einen Zacken aus seiner Krone.

Seine Tochter hatte indessen schon auf den nächsten Freier gezeigt.

Doch weil er beim Vortreten stolperte, sagte Prinzessin Schackeline: »Haha! Zu töffelig zum Laufen! Freikarte für den Escape Room!« Und die Palastwache warf ihn in Ketten in den Kerker.

So ging es in einer Tour fort, und König Klaus Klops der Cholerische biss einen Zacken nach dem anderen aus seiner goldenen Krone. Und er fluchte wie eine alleinerziehende Mutter im Home-Office.

Schließlich kam die Schackeline zu einem König. Der war so schön gewachsen wie eine Sylter Seegurke und hatte doch einen Makel: Er hatte von einem Reitunfall ein ganz schiefes Kinn und dazu einen albernen Zwirbelbart wie Horst Lichter. Und Schackeline sprach: »Du siehst ja aus wie 'n Trottel! Für mich bist Du der König Trottelbart! Und tschüss!«

Und der König bekam von der Palastwache einen Tritt in sein edelsteinverziertes Hinterteil und flog in hohem Bogen aus der Burg. Und alle lachten über den verschmähten und entehrten König und nannten ihn fortan nur noch den König Trottelbart.

Da platzte dem kugelrunden König Klaus Klops dem Cholerischen endgültig der Kragen. Und sein mit lautem Knall wegfliegender Kragenknopf schoss einen irdenen Krug entzwei, der voller klebrigem

Küstennebellikör gewesen war. Und der Leibdiener des Königs sprach: »Das kann ja wohl gar nich' angehn! Also ich mache die Sauerei nich' weg!«

Inzwischen war der König in den Burghof gerollt und auf seine Palme im Burghof gestiegen, während sich der Himmel mit finsterem Grollen zuzog. Und mit zum Schwur erhobener Hand rief König Klaus Klops der Cholerische in das dunkle, düster-dramatisch drohende Wolkengebirge: »Beim Barte meiner Mutter! Der Blitz soll mich auf meinem goldenen Dixie-Klo treffen, wenn ich meine nichtsnutzige Tochter nicht mit dem erstbesten Plattfisch verheirate, der in meine Burg kommt!«

»Das kannst Du doch nich' machen, Papi!«, rief Prinzessin Schackeline entsetzt. »Is' das nich' das gleiche wie Zwangsheirat?«

»Da musst Du die Gebrüder Grimm fragen!«, bellte König Klaus Klops der Cholerische. »Ich hab' das Märchen ja nich' geschrieben! Heb Dir Deine blöden Fragen für'n Ethikunterricht auf! Und jetzt mach weiter, wie's im Text steht und wie wir's geprobt haben!«

»Pff ... Also manchma' bist Du 'ne richtige Diva. Iss ma 'n Snickers!«, sagte die Schackeline schnippisch. »Du nimmst Deinen saudämlichen Schwur jetzt sofort zurück! «

Doch König Klaus Klops winkte ab: »Schwüre kann man nich' zurücknehmen! Das bleibt ein Leben lang. Genau wie ein schlecht tätowiertes Arschgeweih! OK ... Ich hab' vielleicht vorhin büschen überreagiert. Geb ich ja zu. Aber ich hab' halt keine Lust, bei Gewitter als gebratene Grützwurst in einem brennenden Klohäuschen zu enden! Schwur is' Schwur. Da musst Du jetzt auch mal Verständnis haben!«

Da weinte die Prinzessin Schackeline wie ein undichter Siphon unterm Waschbecken in der Schultoilette.

Als am nächsten Tage ein ungelenker Computernerd namens Mirko Quarkbein in die Burg kam, um den mit roten Rubinen besetzten WLAN-Router des Königs gegen ein noch schöneres Modell mit grünen Smaragden auszutauschen, sprach König Klaus Klops der Cholerische: »Moin, Mirko Quarkbein, wenn ich das richtig mitgekriegt habe, dann bist Du 29 Jahre alt, hast fettige Haare und ein abgebrochenes Informatikstudium. Und Du wohnst immer noch bei Deiner Mutti in der Gartenlaube. Wie wär's denn da zur Abwechslung mal mit heiraten?«

Da sprach der Mirko: »Schön wär's! Aber ich hab' ja so ein Pech mit den Frauen. Alle Frauen, die ich kennengelernt hab', das waren überhaupt keine!«

»Tscha. Vielleicht gehst Du auch einfach bloß auf St. Pauli in Hamburg-Herzegowina in die falschen Kneipen?!«, sagte der kugelrunde König Klaus Klops der Cholerische und freute sich, dass der Mirko so dämlich war wie eine Schüssel gebratene Blutwurst. Damit war er der ideale Vollpfosten, um die ungezogene Tochter an den Mann zu bringen. Und er rief: »Schacki, komm mal her! Herzlichen Glückwunsch zum neuen Ehemann! Ich nehm jetzt sofort die Trauung vor!«

Doch die Schacki sagte: »Hast Du Schiffslack gesoffen, oder was? Du bist doch gar kein Pfarrer, Papi!«

König Klaus Klops der Cholerische, der erneut kurz vor der psychosozialen Kernschmelze stand, brüllte: »Kein Pfarrer? Darf ich mal dran erinnern, dass ich hier der König bin! Zählt das heutzutage denn gar nix mehr, oder was?«

Der Mirko gab altklug zu bedenken: »Isso. 'n König ist kein Pfarrer! Aber wenn wir zufällig 'n Kapitän da hätten, der würd's auch tun! Der könnte uns nach Seerecht verheiraten.«

»Haha! Du bist ein Pappkopp!«, rief die Schackeline. »Also Deine Tischtennisplatte stand beim Chinesisch auch ganz schön nahe an der Wand! Seerecht auf 'ner Burg? So ein Quark!«

»Aber um die ganze Burg is' doch 'n Wassergraben außenrum!«, gab der Mirko triumphierend zurück. »Na, wer is' jetzt der Pappkopp? Du musst einfach auch mal selber denken!«

»Ruhe in der Thronstube!«, tobte König Klaus Klops der Cholerische. »König is' Trumpf! Ich darf alles! Und deshalb erkläre ich Euch hiermit zu Mann und Frau! Mirko Quarkbein, Du darfst die Schackeline jetzt küssen.«

Doch weil der Mirko nur über theoretische Erfahrungen in Sachen Frauen verfügte, machte er sich sogleich über die Schackeline her wie ein Berner Sennenhund über einen Ring lauwarme Kalbsleberwurst. Und alle im Saale wünschten sich hinterher, so etwas nie gesehen zu haben. Der kugelrunde König Klaus Klops der Cholerische sprach: »Da wär' das ja auch erledigt! Ich bin vom vielen Rumtoben ganz hungrig geworden! Macht's gut, Ihr Spacken!«

Und er rollte zur königlichen Dönerbude und holte sich einen edelsteinverzierten Döner mit extrascharfen Diamanten.

Der Mirko Quarkbein nahm seine neue Frau Schackeline Quarkbein bei der Hand und führte sie in die schmuddelige Laube seiner Mutti, in der sich die Pizzakartons neben dem Computer stapelten und eine Vielzahl leerer Colaflaschen herumstand, so dass jedem armen Pfandsammler die Freudentränen gekommen wären.

Doch Prinzessin Schackeline weinte in der ranzigen Laube bittere Tränen der Reue:

»Hach! Mein Keks is' weich, mein Brot is' hart,
ach, hätt' ich genommen den König Trottelbart!«

Und der Mirko sprach: »Das kann ja wohl nich' angehn!? Wir sind frisch verheiratet und Du jammerst schon 'nem andern hinterher? Mach Dich lieber nützlich! Guck lieber, dass Du 'n anständiges Abendbrot auf den Tisch kriegst.«

»Schackeline sagte: »Ja, wie denn? Du hast doch gar keine Küche!«

Der Mirko schüttelte nur mit dem Kopf. »Du bist ja so nutzlos wie 'n Sandkasten mitten in der Wüste! Bestell einfach 'ne Pizza! So mach' ich das auch.«

Doch weil die Ex-Prinzessin Schackeline keine Nummer von einem Pizzalieferdienst hatte, musste er seine Pizza selbst bestellen. Und der Mirko wurde nicht müde, den eingeschränkten Funktionsumfang seines frisch angetrauten Eheweibs zu beklagen.

Nach dem Essen sprach der Mirko: »Also, Schackeline, so schnell wie Du Dir grade die Pizza reingedreht hast, kannst Du hoffentlich auch arbeiten! Du weißt, ich repariere hier Computer und Haushaltsgeräte und den ganzen Kram, und jetzt haben mir die Gebrüder Grimm gerade 'ne Ladung kaputte Trolle geschickt.«

Schackeline fragte: »Kaputte Trolle?«

»Ja«, sagte der Mirko. »Die ham alle 'n Softwarefehler. Die sind alle ganz lieb statt böse. Und das geht ja so nich'. Da muss die Speicherkarte getauscht und 'n Reset gemacht werden.«

Und der Mirko stemmte mit dem Brecheisen eine hölzerne Kiste auf, aus der viele kleine Trolle sprangen: Kleine, wilde, bärtige Männlein in abgeschabten Tweetanzügen. Doch statt sofort eine deftige Trollschlägerei anzufangen, spazierten sie vollkommen wohlerzogen umher, lüpften ihre zerknautschten Hüte zum Gruß und zitierten Goethe, Kant, Aristoteles, Hannibal, Dschinghis Khan und Attila Hildmann.

Da sprach die Schackeline: »Oh ja! Jetzt seh' ich's auch. Die sind ja vollkommen durch. Wo ham die denn ihren Memory Slot?«

Und der Mirko nahm einen der Trolle, beugte ihn nach vorne, zog ihm die Hose herunter und zeigte der Schackeline den Schlitz für die Speicherkarte.

»Das hätt' ich mir ja eigentlich denken können …«, seufzte die Schackeline und zog mit spitzen Fingern die Speicherkarte aus dem Troll und schob eine neue hinein. Und der Troll sprach: »Du hast wohl grad 'n Schneemann gebaut, oder warum hast Du so kalte Flossen?«

Nacheinander tauschte die Schackeline alle Speicherkarten aus, doch als sie die Trolle danach wieder auf Werkseinstellung zurückgesetzt hatte, da wurden sie so böse wie es sich für funktionstüchtige Trolle gehört, und sie fielen über die arme Schackeline her wie eine Kindergartengruppe über einen Teller Fischstäbchen und verpassten ihr eine All-you-can-eat Portion Trollkeile. »Das is' für Deine kalten Griffel!«, riefen sie, bissen, kratzten und zwickten, und die bösen Männlein ließen erst ab, als der Mirko den Märchenküstensender R.SH einschaltete und bis zum Anschlag aufdrehte. Da nahmen die Trolle reißaus in den Märchenwald, denn, liebe Kinder, Trolle hassen hochwertige, zeitgenössische Popmusik.

Und der Mirko sprach: »Das kannst Du also auch nich'! Aber Du bist nun mal schön wie zwei frisch lackierte Schleusentore, deswegen machst Du jetzt 'ne Instagrimmkarriere! Hier hast Du 'n Bikini! Ich hol' die Kamera.«

Doch kaum hatte Schackeline die Bikini-Fotos auf dem sozialen Netzwerk der Gebrüder Instagrimm hochgeladen, da prasselten die bösen Kommentare nur so auf sie hernieder. Und die User schrieben viele hässliche Dinge, unter anderem, dass sie wohl Instagrimm mit den Weight Watchers verwechselt hätte und einer sagte, der Elefant aus dem Zoo hätte angerufen, weil er seinen Hintern wiederhaben wolle.

Und viele männliche User schickten unaufgefordert Fotos ihrer Einhandhebelmischbatterie, garniert mit Angeboten für einschlägige Installationsarbeiten. Da heulte die Schackeline wie eine schlecht geölte Schubkarre auf der Schwarzbaustelle und der Mirko Quarkbein sprach: »Als Influenzerin bist Du also auch nich' zu gebrauchen. Na, Du bist ja ungefähr so nützlich wie 'n Kühlschrank in der Antarktis. Ich frag' mal in der Pizzeria, ob die 'ne Tellerschubse brauchen.«

Und der Schackeline half kein Jammern, sie musste von nun an in der Pizzeria aushelfen. Da musste sie die sauerste Arbeit tun und im Frühjahr, Sommer, Herbst und Winter Pizza Vier Jahreszeiten backen. Manchmal, wenn eine Pizza nur zum Scherze bestellt worden war, oder sie nicht abgeholt wurde, dann durfte sich die Schackeline die Pizza mitnehmen. Davon ernährte sie sich und den Mirko Quarkbein. Und damit die Pizza warm blieb, versteckte sie sie immer unter ihrem Rock.

Eines Tages musste sie eine Pizza Audi Quattro mit extra Edelsteinen an den Hof des Königs Trottelbart ausliefern, wo gerade ein rauschendes Fest im Gange war. Und um einen Blick zu erhaschen, auf all die Pracht und Herrlichkeit, auf die reichen Edelleute und ihre botoxabhängigen, schlauchbootlippigen Ehefrauen, stellte sie sich vor die Saaltüre und blickte durchs Schlüsselloch. Doch sogleich flog die riesige Flügeltüre auf und vor Ihr stand ein König in kostbarem Gewand. Und um ein Haar hätte sie ihn nicht erkannt, doch weil er aussah wie ein Trottel, so erschrak sie sehr, denn es war der König Trottelbart, den sie als Freier mit Hohn und Spott abgewiesen hatte.

Weil die Schackeline so schön war wie zwei frisch lackierte Schleusentore, wollte der junge König Trottelbart sogleich mit ihr tanzen und er sprach: »Ein Lied, zwo, drei, vier!«, und sofort begann die Band ein Elvis Presley-Medley zu spielen, und er griff die Schackeline, so sehr sie sich auch dagegen sträubte, und wirbelte mit ihr über das Parkett in einem wilden Rock 'n' Roll-Tanz. Doch nachdem er gegen ihren ausdrücklichen Willen einige Hebe- und Wurffiguren mit der Schackeline vollführt hatte, da lösten sich die Pizzen unter ihrem Rock und flogen wie die Frisbees im Saale umher. Und eine Pizza Vier Jahreszeiten drehte sich in der Luft so schnell, dass sie in der Mitte auseinanderriss und der Sommer und der Herbst in die eine Ecke des Raumes flogen und Winter und Frühling in eine andere. Und eine Pizza Hawaii landete wie eine Mütze auf dem Kopf von König Klaus Klops dem Cholerischen. Sein Leibdiener und Ankleider Guido Quietschmar sprach: »Also, Majestät können sowas tragen! Das steht auch nich' jedem! Majestät haben den idealen Döötz für so was!«

Und König Klaus Klops der Cholerische tobte: »Welcher Idiot hat diese an und für sich wunderbare Pizza mit Ananas versaut? In den tiefsten Kerker mit dem Schweinehund!«

Der ganze Saal und die ganze Gesellschaft lachten über die arme dumme Schackeline, die mit Pizza unter dem Rock zum Rackenrohl-Tanzen gekommen war.

»So ein Schiet!«, rief Schackeline, lief rot an wie ein Hummer im Kochtopf, und rannte davon, so schnell sie ihre vier Kilo schweren Eichenholzpantoffeln trugen.

Doch schon auf der Treppe wurde sie von einem Manne eingeholt, der listig rief: »Na sowas! Hier gibt's ja Schuhe im Sonderangebot!«

Da verfiel die schöne Schackeline Quarkbein sofort in die für Schuhsonderangebote typische Saustarre.

Da brauchte der Mann sie nur noch wie einen Plastiksack voll Rindenmulch über seine Schulter zu werfen und sie zurück in die Thronstube zu bringen. Dort sprach er ihr freundlich zu: »Fürchte Dich nicht, Schackeline! Ich hab' Dich bloß 'n büschen geprankt. I bims doch bloß, der Mirko Quarkbein! Ich hab mich doch nur verkleidet und meinen Horst Lichter Bart abrasiert und Du Dusseldassel hast das voll geglaubt! Und ich muss dir noch was sagen: Die Trolle, die Dich vermöbelt haben, die hab' ich selbst so programmiert! Du hättest ma' Dein Gesicht seh'n soll'n! Und all das hab' ich nur gemacht, um Deinen stolzen Sinn zu beugen und Dich für Deinen Hochmut zu strafen, mit dem Du mich verspottet hast! Aber das Allerbeste kommt zum Schluss: Der Shitstorm wegen Deinem fetten Mors bei Instagrimm, das bin auch ich gewesen! Dann können wir ja jetzt heiraten!«

»Nich' so schnell!«, rief da die Schackeline. »Ich

heirate doch nich' die Katze im Sack! Dreh Dich mal um, damit ich Dich auch mal von hinten sehn kann!«

Und sogleich drehte sich der König Trottelbart alias Mirko Quarkbein um und zeigte der Schackeline sein prächtiges, edelsteinverziertes Hinterteil. Doch statt es fachmännisch zu vermessen oder wenigstens wohlwollend zu begutachten, holte Schackeline weit aus und trat dem König Trottelbart mit solcher Wucht in seinen königlichen Mors, dass er in hohem Bogen kopfüber ins kalte Buffet flog, wo er mit seiner königlichen Rübe in einem Sektkühler steckenblieb.

Und die Schackeline tobte: »Im Ernst, oder was? Der Shitstorm wegen meinem dicken Mors – das warst DUUUU??? Was stimmt denn mit Dir nich', Du Schietbüdel? Drei Monate hab' ich rund um die Uhr heulend vorm Spiegel gestanden und seit 'nem Dreivierteljahr bin ich deswegen in Psychotherapie, schiet Dir wat, Du Dummsnut! Zweihundert Puls hab ich bald, Duuu!«

Und der kugelrunde König Klaus Klops der Cholerische, der noch immer mit seiner Pizzamütze Hawaii im Publikum saß, hörte seine Tochter Schackeline so garstig schimpfen und sprach mit Tränen der Rührung in den Augen: »Zweihundert Puls hat sie, meine Kleine! Ganz der Vati! Schnief! Ich bin sooo stolz! Jetzt is' zum Glück doch noch was aus der geworden!«

Inzwischen war der König Trottelbart aus den rauchenden Trümmern des Buffets emporgestiegen und irrte mit dem Sektkühler auf dem Kopf orientierungslos durch die Thronstube. Und es musste erst der Schmied gerufen werden, der mit drei seiner stärksten Gesellen herbeikam, um den König Trottelbart zu befreien. Lange mussten sie den Sektkühler mit ihren schweren Vorschlaghämmern bearbeiten, ihn mit Waltran einschmieren und daran ziehen, bis er sich mit einem lauten Plopp vom Kopf des Königs löste.

Und König Trottelbart sprach: »Aua. Kann ich ma' bitte 'n Eisbeutel und zwei Aspirin haben?«

Doch als die Schackeline nun sein Gesicht sah, da stand ihr Herz sogleich vor Liebe in Flammen, denn die stark behaarten Schmiedegesellen hatten mit ihren Vorschlaghämmern durch einen glücklichen Treffer auch das schiefe Kinn des Königs Trottelbart wieder geradegebogen. Und weil dies sein einziger Makel gewesen war, ward der König Trottelbart nun der schönste Mann an der schleswig-holsteinischen Märchenküste.

Und die Schackeline sprach: »Also: Für mich is' auch die sechste Stunde, nä? Und wir wollen ja auch bloß nach Hause. König Trottelbart – Du und ich sind ja jetzt quasi quitt. Da können wir jetzt auch heiraten, aber schnell. Ich steh nämlich unten im Burgparkhaus und das wird langsam teuer! Hier muss man nämlich jede angefangene Stunde voll blechen. Also? Wird's bald?«

Da heiratete der König Trottelbart ganz schnell die Schackeline und sie schaffte es gerade noch aus der Tiefgarage, ohne eine neue Stunde angefangen zu haben.

Und die beiden lebten fröhlich und quietschvergnügt bis an ihr Lebensende. Und sie bekamen un-

zählige, bildschöne Kinderlein. So viele, dass es gar
nicht auffiel, wenn sich der Fuchs ab und zu mal eins
holte ...

25

Hänsel und Brezel

Es war einmal vor langer Zeit an der schleswig-holsteinischen Märchenküste, da brannte die Makkaronimühle, die das Land mit schmackhaften Hohlnudeln versorgte, bis auf die Grundmauern ab. Und es gab einen Makkaronimangel, der war so groß, dass viele ihre Tomatensoße nur noch trinken konnten.

Neben einer kleinen Apfelplantage bei Neumünster-Düsterdeich wohnte der arme, alte Apfeletikettierer Anton Angelwurm mit seiner Frau Annegret Angelwurm und seinen zwei gefräßigen Wänstern: Das Bübchen hieß Hänsel und das Mädchen Brezel. Die beiden waren fröhliche, übergewichtige Teenager und kullerten lustig durch die Wohnstube. Doch als die große Makkaroninot über das Land kam, mussten auch die Angelwurms am Essen sparen, um überhaupt noch Geld für Nahrung zu haben.

Wie er sich nun abends im Bette vor Sorgen herumwälzte, seufzte der Apfeletikettierer Anton Angelwurm und sprach zu seiner Frau: »Unsere Bälger können mehr futtern, als 'n Müllschlucker im sozialen Wohnungsbau! Heute gab's mal 'ne Viertelstunde kein Nutellabrot, da ham die gleich den Putz von der Wand gefressen!«

»Ja!«, erwiderte die Frau. »Das Beste wäre, wir stopfen die in die Babyklappe!«

»Neenee! Die sin doch viel zu fett für die Babyklappe!«, sprach der Mann.

»Ha!«, rief da die Frau. »Ich hab's! Wir fahrn morgen nach Hamburg-Herzegowina und setzen die in Seevetal Ost aus!«

Doch der arme Apfeletikettierer Anton Angelwurm hatte ein warmes, weiches Herz und Mitleid mit seinen Kindern und er sprach: »Seevetal Ost? Echt jetzt? Wie kann man nur so grausam sein? Wenn schon, dann schmeißen wir die einfach aus dem Auto! Zum Beispiel auf'm Autohof WikingerInnenland!«

Die zwei Kinder hatten nicht einschlafen können, weil sie seit dem zweiten Abendbrot nichts mehr gegessen hatten. Sie spielten gerade eine Runde spanische Inquisition auf ihrer hölzernen Playstation, als sie hörten, was Vater und Mutter planten. Da weinte die Brezel wie eine Seegurke in der Saftpresse.

»Hör auf zu plärren, Brezel!«, sprach Hänsel. »Unsere Alden sind voll aus der technischen Steinzeit, die haben keine Ahnung, dass wir 'n Navi im Handy haben! Also sei getrost, liebes Schwesterchen, und schlaf nur ruhig ein, Google wird uns nicht verlassen!«

Und die beiden frommen Kindelein falteten ihre kleinen, speckigen Händchen und schickten noch ein Gebet zum lieben Steve Jobs im Himmel.

Als der nächste Morgen mit Grauen hereinbrach, kam schon die Frau und weckte die beiden Kinder: »Steht auf, ihr faulen Blagen, wir bringen Euch jetzt zu Oma und Opa – Mami un' Papi machen einen Selbsterfahrungsworkshop. Vierzehn Tage Erbsenzählen in der Toskana!« Dann gab sie ihnen eine Tüte Schokobons und sprach: »Aber nich' alles auf einmal! Nich', dass Euch wieder auf dem Rücksitz schlecht wird.«

Und Hänsel sprach: »Jaja.«

Doch »Jaja«, liebe Kinder, heißt bekanntlich: »Klei mi an mors!«

Danach fuhren sie in Richtung Autohof WikingerInnenland. Kaum angekommen verlangten Hänsel und Brezel stürmisch nach einem Toilettenbesuch, da ihnen aufgrund der kompletten Tüte Schokobons inzwischen schlecht geworden war.

Da freute sich ihre listige Mutter und sprach: »Hier habt Ihr 70 Cent, damit Ihr den beknackten Automaten für betreutes Pieseln bezahlen könnt!«

Doch kaum hatten die beiden dicken Teenager den unvermeidlichen Pieselgroschen entrichtet, da blieben sie im engen Drehkreuz stecken und konnten nicht mehr vor, noch zurück. Da sprang die Mutter hurtig in den Skoda, der mit laufendem Motor gewartet hatte und der sonst eher zaghafte, arme, alte, Apfeletikettierer Anton Angelwurm gab beherzt Gas. Und wenn die rostige Möhre auf mehr als drei Töpfen gelaufen wäre, dann hätten bestimmt die Reifen gequietscht.

Indessen mussten Hänsel und Brezel von der freiwilligen Feuerwehr mit dem Rettungsspreizer aus den Klauen des Drehkreuzes befreit werden. Die frommen Kindelein dankten es den guten Feuerwehrmännern, dann holte das Hänsel sein Handy heraus, um den Weg nach Hause zu suchen. Doch wie es der Zufall so wollte, hielt gerade ein fettleibiger Porsche-SUV an der Tankstelle, und der Fahrer mit Krawatte stieg aus, um seine Frontscheibe von Fußgängern zu befreien. An diesen Mann trat das Hänsel heran und fragte, ob er die beiden bis Neumünster-Düsterdeich mitnehmen könne.

Und der Mann sprach: »Ich bin der Banker Bernd Möwe! Ich bin aber in Wahrheit gar kein Banker! Ich bin in Wirklichkeit ein verwunschener Rennfahrer! Und mir wurde prophezeit, dass ich erlöst werde, wenn ich zwei übergewichtige Tramper im Teenageralter nach Neumünster-Düsterdeich fahre!«

Das Hänsel sprach: »Also, das ist jetzt aber selbst für'n Märchen 'n büschen viel Zufall auf einmal! Das glaubt uns doch keine Sau ...« Und er verdrehte genervt die Augen. »Aber was soll's! Ich will bloß heim! Brezel! Komm steig ein, der Anzugheini nimmt uns mit!«

Ei, das war ein wilder Ritt, liebe Kinder! Das Hänsel und die Brezel klebten mit ihren dicken Backen mal rechts und mal links an der Seitenscheibe, wenn es quietschend und qualmend in die Kurven ging. Dann wieder wackelten sie mit dem Wackeldackel auf der Hutablage um die Wette, wenn der Wagen beschleunigte, und schließlich bumsten sie mit ihren Plattfischgesichtern gleichzeitig gegen die Vordersitze, wenn der vom Fluch erlöste Rennfahrer Bernd Möwe, ganz gegen seine Gewohnheit, auch einmal bremste.

Siebenundvierzig gravierende Verstöße gegen die Straßenverkehrsordnung später hielt der fette Porsche-SUV mitten im Gurkenbeet im kleinen, gepflegten Gärtlein der Familie Angelwurm. Die hinteren Türen des Alltagspanzers öffneten sich, und heraus kullerten Hänsel und Brezel.

Und Brezel sprach: »Huaaaalp!«

Und Hänsel sagte: »Ich weiß zumindest, was Du meinst …«

Ehe sich Hänsel und Brezel, die mit Schnappatmung über dem Gartenzaun hingen, bei dem guten Rennfahrer bedanken konnten, hatte dieser den Garten mit dem Ruf »Endlich frei! Macht's gut, Ihr Torfköppe!« bereits durch das geschlossene Gartentor wieder verlassen. Und bald sah man nichts mehr von ihm als eine breite Reifenspur, die in Richtung Märchenküste durch Äcker, Wiesen und unersetzliche Biotope führte.

Als Hänsel und Brezel wieder zu Kräften gekommen waren, machten sie sich aus lauter Langeweile über die Speisekammer her. Und als alles ratzeputz aufgegessen war, bis auf eine Tüte Tiefkühlerbsen, da lutschten sie auch diese.

Erst Stunden später kamen die Eltern Anton und Annegret Angelwurm nach Hause. Der Familienskoda rollte quietschend auf den Hof und ging röchelnd aus, ohne dass Anton Angelwurm den Zündschlüssel berührt hätte. Dann sahen der Vater und die Mutter ihre beiden dicken Kinder, die nach dem Genuss von jeweils fünfhundert Gramm Tiefkühlerbsen fröhlich pupsend durch den Garten tollten.

Der Mann, der ein gutes Herz hatte, freute sich, seine Kinder am Leben zu sehen, doch die böse Mutter rief: »Hä? Die sind ja einfach wieder da! Ich krich die Motten!«

Und als sie sah, dass die Speisekammer leer gefuttert war, da brüllte sie: »Alles habt ihr gefressen, Ihr Guppies! Jetzt haben wir morgen nur noch die Gurken von meinem Gurkenbeet, die ich in monatelanger Kleinarbeit ... ääääääh!«

Und die Frau schrie vor Schreck auf, denn sie sah, dass jemand mit Breitreifen durch ihr Gurkenbeet gefahren war und alle Gurken in Gurkensalat verwandelt hatte. Und während sie vor Wut kochte wie eine Holsteiner Schusterkarbonade im Schnellkochtopf, da keifte sie: »So ein Schiet, mit dem Schiet! Zweihundert Puls hab’ ich bald, Duu! ... Aber für heute hab’ ich genug! Wir probiern’s einfach morgen nochmal ...« Dann setzten sich die Angelwurms gemeinsam auf die Couch in der Wohnstube und sahen die Nachrichtensendung »Tele-Tubbies«, bis sie einschliefen.

Als der nächste Morgen ausbrach, wollte die böse Frau es besser machen, als am Tag zuvor, und sie weckte die Kinder noch früher und gab ihnen wieder eine Tüte Schokobons als Proviant.

Doch diesmal fuhren sie ins entlegene St. Pauli, mitten in der unwirtlichen Klinkerwüste von Hamburg-Herzegowina. Dem Manne war angst und bange, denn viele Reisende waren niemals oder nur mit Flugrost am Unterboden von dort zurückgekehrt. Doch Anton Angelwurm konnte sein hartherziges Weib nicht umstimmen und mürrisch sprach er zu sich: »Wieso müssen eigentlich alle Weiber in Grimms Märchen immer so dermaßen kratzbürstige Hausdrachen sein? Danke für nix, Gebrüder Grimm! Naja. Was will man auch erwarten, von zwei Brüdern, die in dem Alter noch zusammen wohnen? Da fragt man lieber nich', sonst weiß man gleich Bescheid ...« Und so tuckerte er maulend die A7 Richtung Hamburg-Herzegowina entlang.

Das Hänsel war indessen ebenfalls mit der Gesamtsituation unzufrieden und sprach zur Brezel: »Ich hab' jetzt die Faxen dicke mit unseren Alten. Die ham wohl Bootslack gesoffen? Ich meine, Kinder im Wald aussetzen? Von mir aus! Aber doch nich' in Hamburg-Herzegowina! Das geht zu weit! Ich ruf jetzt das Jugendamt an! Ich will endlich ins Kinderheim!«

Doch als das Hänsel sein Smartphone herausholte, da war sein Akku leer, und auch Gretels Akku hatte den Geist aufgegeben. Und weil sie kein Ladekabel dabeihatten, weinten sie wie eine Lenzpumpe an einem lecken Segelschulschiff. Nun konnte ihnen nicht einmal mehr der liebe Steve Jobs im Himmel helfen.

»So ein Schiet mit dem Schiet!«, sprach Brezel.

Das Hänsel besann sich: »Wir haben doch noch die Tüte Schokobons! Ich werf´ einfach eins nach dem andern aus'm Autofenster raus, dann haben wir 'ne Spur, der wir folgen können!«

»Das is' ja 'ne super Idee, aber da gibt's 'n klitzekleines Problem!«, sagte die Brezel etwas verlegen und leckte sich die letzten Schokokrümel von den Lippen. »Ich hab' die Schokobons aus Versehen schon alle aufgegessen!«

»Gequatsche auf dem Rücksitz einstellen!«, rief da die Mutter, denn sie waren soeben in St. Pauli angekommen. »Und jetzt raus mit Euch, das ist keine Wärmstube hier!«

Hänsel und Brezel stiegen aus dem Totalschaden und Vater Angelwurm gab Vollgas. Die Kinder sahen traurig zu, wie sich das Fahrzeug qualmend und mit knatternden Fehlzündungen langsam wieder in Richtung Märchenküste quälte.

Die Geschwister fingen an zu gehen, doch weil sie kein zweites Frühstück bekommen hatten, dachten sie nach etwa fünfundzwanzig Metern, sie müssten alsbald verschmachten.

Da kamen Hänsel und Brezel an einen prächtigen Imbiss, der ganz aus frittierten Tiefkühlschnitzeln, Pommes und Bratwürsten erbaut war und das Dach war mit fettiger Donauwelle gedeckt.

»Ich krieg die Motten, Dicki!«, sprach Hänsel. »Hier gibt's was zu futtern! Und null Gemüse!« Doch Brezel hörte ihm schon nicht mehr zu, denn sie knabberte bereits wie ein tollwütiger Biber an einer tragenden Säule des Vordachs.

Hänsel hatte sich indessen gierig durch die Hauswand aus Frikadellen gefressen wie ein Holzwurm durchs Dachgestühl der Davidwache. Weil er dabei eine elektrische Unterputzleitung angebissen hatte, standen ihm nun die Haare zu Berge.

Da rief eine feine Stimme aus der Stube heraus:

»Knusper, knusper, Knäuschen,
welcher Idiot hat die Sicherung rausgehauen?«

»Der Wind, der Wind, das kindische Rind!«,
antworteten Hänsel und Brezel.

»Hä? Was'n das für 'ne blöde Antwort?«, tönte es zurück. »Also nochma':

Knusper, knusper, Knäuschen,
wer knuspert an meinem Häuschen?«

Die Kinder antworteten:

»Der Wind, der Wind,
wer was and'res sagt, spinnt!«

Und sie stopften weiter Pommes, Bratwürste und Schnitzel in sich hinein. Hänsel riss sich ein großes Stück Dach herunter, und Brezel hatte die erste tragende Säule des Vordachs durchgenagt und machte sich jetzt an die zweite. Da flog auf einmal die Türe auf, und eine magere Alte trat hervor, die in viel zu freizügige Gewänder gehüllt war.

Hänsel spuckte erschrocken eine Bratwurst aus, die er mit Spaghetti umwickelt und in ein Stück Pizza geklemmt hatte, und Brezel biss vor Schreck mit einem Haps die zweite tragende Säule des Imbissvordachs durch, dass sich nun langsam und knarzend immer weiter nach unten neigte.

Die Alte aber wackelte mit dem Kopfe und sprach: »Ei, Ihr lieben Kinder! Kommt nur herein und bleibt bei mir, es geschieht euch kein Leid!«

Doch weiter kam sie nicht, denn in diesem Moment ergab sich das Vordach der Schwerkraft. Und das Bauwerk aus getrockneten Rinder- und Schweinehälften begrub die Alte krachend unter sich.

Die Frau hatte indessen nur freundlich getan, sie war aber in Wahrheit eine böse Hexe namens Heidi, die eine eigene Fernsehshow im Märchenfernsehen hatte, wo sie abgemagerte Abiturientinnen mit blödsinnigen und für den Modelberuf nutzlosen Challenges quälte. In ihrer Knusperimbissbude lebte sie mit ihren schwindsüchtigen, geflügelten Dienern Tom und Bill und den beiden Möpsen Hans und Franz.

Die Imbissbude aus Schnitzel und Kuchen hatte sie nur gebaut, um halb verhungerte Möchtegernmodels anzulocken. Wenn ein junges Mädchen so in ihre Gewalt kam, da richtete sie es ab und verkaufte es dann als wandelnden Fleischkleiderbügel an die Märchenküstenmodeindustrie – und das war ihr immer ein Festtag.

Die Hexen haben rote Augen und können nicht weit sehen, aber sie haben eine feine Witterung wie die Tiere und merken's, wenn sie auf Kosten der Selbstachtung anderer reich werden können!

Inzwischen kamen die Fledermausdiener Tom und Bill angeflattert, um nach dem Rechten zu sehen. Kaum hatte Tom die alte Hexe unter den Rinderhälften hervorgezogen, wobei die beiden Möpse Hans und Franz aufgeregt herumsprangen, sperrte die böse Hexe Heidi die arme Brezel in einen Verschlag unter der Treppe.

Dann sprach sie zum Hänsel: »Schluss mit lustig! Deine Schwester is' ab sofort auf Diät, kapiert? Wenn die dünn genug is', wird se im Solarium getoastet und als Model verkauft. Das heißt, die kriegt ab sofort nix mehr zu picken. Null. Nada. Niente. Und jetzt: Abflug! Ich habe leider kein Foto für Dich!«

Da musste das Hänsel vor Schreck ganz schön schlucken. Denn es hatte noch eine halbe Bratwurst und zwei Chicken-Nuggets im Mund.

Die Hexe rief ihm hinterher: »Und hör auf, mein Haus zu fressen! Du bist ja schlimmer als 'n Pitbull in der Leberwurstfabrik!«

Weil die beiden schwindsüchtigen Fledermausdiener Tom und Bill lieber mit den beiden Möpsen Hans und Franz spielten, sollte das Hänsel alle Hausarbeit tun. Doch statt das Haus zu putzen, verputzte Hänsel das Haus. Heimlich brach er von den Wänden ab, was er wollte, und brachte auch seiner Schwester Gesottenes und Gebratenes, so dass sie im Verschlag nur noch weiter zunahm.

Eines Abends lag die gottlose Hexe Heidi in ihrem Bett und betrachtete die Sterne. Da erschrak sie, weil ihr jetzt erst auffiel, dass das Dach komplett weg war. Und sie fluchte: »Der Hänsel, der frisst mir noch das Haus unterm Mors wech! Am besten, ich schau gleich mal, ob ich die bescheuerte Brezel schon verkaufsfertig machen kann!«

Die böse Hexe Heidi ging sogleich zu dem Verschlag, der ein kleines Loch in der Türe hatte und sprach zur Brezel: »Streck Dein Fingerlein heraus, damit ich fühle, ob Du bald dünn genug bist.«

Und die Brezel steckte ihren Zeigefinger heraus, der so aufgedunsen und rund wie eine Bockwurst von der Tanke war.

Und die Hexe Heidi betastete ihn und sagte: »Ich will morgen wiederkommen, ob Du dann dünn genug bist, Du Schnitzelfriedhof!«

So ging es alle Tage, doch das speckige Fingerlein vom Brezel wurde von all dem guten Essen nur praller. Aber eines Tages, als die Brezel gerade ein Hühnerbein gegessen hatte, da steckte sie ganz in Gedanken das Hühnerknöchlein durch das Loch in der Türe.

Und als die böse Hexe Heidi das abgenagte Knöchlein zu fassen bekam, da war Ihre Freude groß und sie rief: »Endlich bist Du dürr! Jetzt kommst Du ins Solarium!«

Und sie rollte ihr riesiges Solarium herbei, heizte es an und zerrte Brezel aus dem Verschlag. Hänsel hatte alles mit angesehen und sah nun seine Gelegenheit gekommen. Er holte Schwung – und rollte wie

eine gewaltige Bowlingkugel auf die böse Hexe Heidi
zu ...

Die Brezel hatte sich inzwischen aus dem Griff der
Alten gewunden, während das Hänsel mit kometen-
hafter Wucht auf die böse Hexe Heidi prallte, die in
das vorgeheizte Solarium geschleudert wurde. Be-
hände sprangen Hänsel und Brezel auf die Deckel-
klappe. Doch vorher drehte Hänsel den UV-Regler
des Solariums von »ungesund« auf »volle Senge!«

Und mochte sich die gottlose Hexe Heidi auch
noch so winden, sie konnte dem Tussitoaster nicht
entkommen!

Hänsel und Brezel sangen: »Ding, Dong, die Hex'
ist tot!«

Als die beiden nach einer Stunde von dem Son-
nendingsbums herunterstiegen, weil sie Hunger bekamen, da sprang die Klappe auf: Und auf der gebogenen Glasscheibe über den bläulichen Röhren
lag die krebsrote Schrumpelhexe Heidi und dampfte
aus den Flanken. Da kamen sogleich die Möpse Hans
und Franz hechelnd herbeigelaufen und leckten die
Hexe Heidi von oben bis unten ab. Denn nach der
Zubereitung im Solarium schmeckte sie ganz vorzüg-
lich nach altem Suppenhuhn.

Die rote Farbe sollte nie wieder von der bösen
Hexe Heidi weichen, und als sie sich im Spiegel sah,
da lief sie schreiend davon. Und die Alten sagen, sie
habe nie wieder einen Job bekommen. Außer bei den
Karl May-Festspielen in Bad Segeberg.

Tom und Bill, die schmalbrüstigen Fledermausdiener, flogen so lange orientierungslos um die

Küchenlampe, bis sie schließlich in den milchgläsernen Lampenschirm fielen.

Hänsel und Brezel aber gingen in das Schlafzimmer der bösen Hexe Heidi. Da standen in allen Ecken Kästen voller Dollars und Säcke mit wertvollem Tinnef und kostbarem Tüddelkram. Da rafften sie so viel in ihre Schürzlein, wie sie konnten.

Mit dem Handy der bösen Hexe riefen sie sich ein Taxi.

Wenig später stand ein fetter Porsche-SUV mit leuchtendem Taxischild vor der Türe. Und heraus stieg der Taxifahrer Bernd Möwe, der den beiden Geschwistern als verwunschener Rennfahrer noch in schmerzlicher Erinnerung war.

Und er sprach: »Mir is' da 'ne dumme Sache passiert. Kaum war ich vom Fluch befreit und wieder Rennfahrer, da bin ich gleich wieder verflucht worden. Diesma' zum Taxifahrer! Aber mir wurde prophezeit, dass ich vom Fluch erlöst werde, wenn ich zwei übergewichtige Fahrgäste im Teenageralter nach Neumünster-Düsterdeich fahre!«

Da winkten die beiden dankend ab und sprachen: »Nee, da laufen wir lieber ...«

Und sie starteten die Navi-App auf dem Handy der Hexe und marschierten los. Und der liebe Steve Jobs im Himmel zeigte Ihnen den Weg.

Bald kam ihnen die Gegend bekannt und immer bekannter vor, und endlich erblickten sie von weitem ihres Vaters Haus. Da fingen sie an zu laufen, stürzten in die Stube hinein und fielen ihrem Vater um den

Hals. Der Mann hatte keine frohe Minute gehabt, seitdem er die Kinder ausgesetzt hatte. Die Frau aber hatte er, noch auf dem Rückweg, gegen einen schicken Gebrauchtwagen eingetauscht.

Und weil sie nun reich waren, hatten alle Sorgen ein Ende, und sie lebten in lauter Freude zusammen, bis sie platzten.

Das tapfere Webdesignerlein

Es war einmal an einem Sommermorgen an der schleswig-holsteinischen Märchenküste, da saß ein Webdesignerlein, der listig, lustig, lässige Lars-Lutz Loderhose, in Laboe-Düsterdeich an seinem mit Pizzakartons und leeren Coladosen umrahmten Arbeitsplatz inmitten der lila Laube seiner Lieblingstante Lilli aus Lübeck.

Und weil er, wie immer, keine Aufträge hatte, da langweilte sich der listig, lustig, lässige Lars-Lutz Loderhose und legte sich bei märchenwaldpartner.de ein Profil unter dem Namen »Hot_Schneewittchen97« an. Dafür ging er auf die Website der Gebrüder Grimm Märchenholding, klickte auf »Team« und klaute das Bild der Märchendarstellerin Sabine Schneewittchen.

Bereits einen Tag später hatte er in seinem Märchenküstenpartnerpostfach sieben klitzekleine E-Mails von den sieben schwer erziehbaren Zwergen, die begierig waren, das schöne Schneewittchen alsbald zu erklimmen. Um ihrem Ansinnen Nachdruck zu verleihen, fügte jeder ein Bild seiner Zipfelmütze hinzu.

Da lachte der lustig, listig, lässige Lars-Lutz Loderhose laut auf, und rief: »Ha! Bis heute habt Ihr die Rechnung für das Webdesign von zwergengold-an-und-verkauf.de nich' gelöhnt! Das sollt ihr büßen, ihr sieben Schrumpfzipfel!«

Alsbald schrieb er sieben parfümierte E-Mails an alle sieben Zwerge zurück, in denen stand: »Lieber Zwerg, ich finde dich total süß, aber bitte schicke mir keine unaufgeforderten Zipfelmützenbilder mehr. Wir treffen uns stattdessen heute Nachmittag um drei an der alten Eiche! Zwinker, zwinker! Dein total verknalltes Schneewittchen«.

Dann legte er sich mit seinem Handy an der alten Eiche in Laboe-Düsterdeich auf die Lauer und wartete im Gebüsch auf die sieben Zwerge.

Es dauerte nicht lange, da kamen sie von allen Seiten herbeigelaufen. Jeder von ihnen mit einem klitzekleinen Geschenk für Sabine Schneewittchen. Einer hatte ein Dampfbügeleisen dabei, ein anderer einen herrlich verzierten Schürhaken, einen Klammerbeutel voll mit Wäscheklammern aus Gusseisen, einen polierten Baseballschläger aus Mahagoniholz und einen nagelneuen, hübschen Klappspaten. Ferner ein glücksbringendes Hufeisen und eine zehn Kilogramm schwere Kettle-Bell-Hantel und zwei Kinokarten für den Märchenfilm »Stirb langsam«.

»Was willst'n Du hier?«, fragte der erste Zwerg den zweiten.

Und der dritte sprach: »Das könnt' ich Euch genauso fragen!«

Der vierte Zwerg rief: »Haut ab, ich hab' hier gleich ein Rendezvous!«

»Na, aber ich doch auch!«, riefen Zwerg fünf bis sieben.

Und schließlich riefen alle Zwerge gleichzeitig: »Haut ab, das Schneewittchen is' meine Freundin!«

Da zog der Zwerg Zwenni dem Zwerg Fiete das Bügeleisen über die Zipfelrübe und sprach: »Immer noch, Du Schietbüddel?«

Das ließ der Fiete natürlich nicht auf sich sitzen, holte mit dem herrlich verzierten Schürhaken aus und gab dem Zwenni Saures.

Bald riefen alle durcheinander: »Lass mein Schneewittchen in Ruhe! Suche Dir selber 'ne Freundin! Du kannst höchstens die Knusperhexe haben – oder dem Rotkäppchen seine bescheuerte Oma!«

Sie lieferten sich um halb drei an der alten Eiche eine so wilde Keilerei, dass sich selbst die Hooligans vom 1. FC Hoolstein von derartig exzessiver Brutalität distanzierten.

Als die sieben Zwerge völlig erschöpft um die alte Eiche herumlagen, trat Lars-Lutz Loderhose aus dem Gebüsch hervor und rief: "Ihr Torfköppe! Ihr wurdet geprankt! Jetzt hat sich's auschneewittelt, bezahlt gefälligst Eure Rechnung, da kann so was auch nich' passieren.«

Doch die Zwerge hörten nur noch die Sternlein singen.

Das Webdesignerlein Lars-Lutz lief indes nach Hause und sprach: »Hehehehe, das war ja mal ein gelungener Streich, die sieben Zwerge voll geprankt, das heißt ja quasi: Siebene auf einen Streich!«

Und er bestellte sich sogleich im Märchenküsteninternet einen schwarzen Karategürtel, auf dem mit goldenen Lettern gestickt war: »Siebene auf einen Streich«.

Nur Minuten später stand ein Liefertroll des Märchenpostamts vor der Türe und fluchte: »So ein Schiet mit dem Schiet! Zweihundert Puls hab ich, bald, Duuuu!«

Lars Lutz Loderhose öffnete die wackelige Laubentür und fragte: »Du kleines Männlein, warum bist Du so zornig?«

Da keifte das Männlein: »Was’n das für ’ne blöde Frage? Ich bin ’n Troll, Du Spacko! Wir Trolle haben immer zweihundert Puls! Wenn ich ma’ nur hundertachtzig Puls hab’, verschreibt mir mein Hausarzt blutdrucksteigernde Pillen! Du bist wohl neu an der Märchenküste, Du Töffel? Hier hast Du Dein blödes Paket!« Und der Troll schmiss Lars Lutz Loderhose das Päckchen an die Rübe.

»Tschüssikowski, Du Blubberkopp!«

Nach einem vollkommen sinnlosen Tritt gegen das Schienbein des Webdesignerleins sprang der grimmige Liefertroll auf seine Postschnecke und galoppierte knatternd von dannen.

Und das Webdesignerlein sprach: »Aua! Also nee, Trolle im Postdienst! Das hat’s früher nich’ gegeben! Aber seit die Gebrüder Grimm an der Märchenküste regier’n, geht alles den Bach runter. Das nächste Mal wähl’ ich auf jeden Fall den Wolf. Der hat gesagt, er hat uns alle zum Fressen gern! Der meint’s wenigstens gut mit uns!«

»Bald werden alle wissen, dass ich der Obermacker bin!«, rief er, als er den bestickten Gürtel in Händen hielt. Und sein Herz wackelte ihm vor Freude wie ein Lämmerschwänzchen.

Das Webdesignerlein Lars-Lutz Loderhose band sich den schwarzen Karategürtel um den Leib und wollte in die Welt hinaus, weil er meinte, die lila Laube seiner Lieblingstante Lilli aus Lübeck sei zu klein für sein Genie.

Bald schon marschierte er über Landstraße gen Flensburg-Düsterdeich, da versperrte ihm plötzlich der furchterregende Ninja Norbert Nötzel den Weg.

Und das Webdesignerlein sprach zu der Gestalt im schwarzen Gymnastikeinteiler mit Sturmhaube: »Gates zum Gruße, Du furchterregender Ninja! Es freut mich, Dich zu sehen!«

Doch der Ninja erwiderte: »Das kann sich schnell ändern, Du Opfer!«

Und er zog die beiden Samurai-Schwerter mit klirrender Klinge, die er hinter seinem Rücken kreuzweise festgeschnallt hatte und ging bedrohlich und mit blutwurstunterlaufenen Augen auf das tapfere Webdesignerlein zu.

Doch da sah der furchterregende Ninja Norbert Nötzel den schwarzen Karategürtel, auf dem in großen goldenen Lettern geschrieben stand: »Siebene auf einen Streich!«

Er ließ erschrocken die Schwerter fallen und dachte bei sich: »Uppsi, ein Kollege! Der hat schon Siebene mit einem einzigen Karateschlag umgenietet. Da muss ich wohl noch ein paar Schüsselchen Reis mit Bambussprossen essen, um's mit so einem Kawenzmann aufzunehmen!«

Und zum tapferen Webdesignerlein Lars-Lutz Loderhose gewandt sprach er: »Also Spaß beiseite: So einfach durchlassen kann ich Dich nich', sonst verlier ich meine Ninja-Ehre und muss Harakiri machen!«

»Das klingt doch super!«, sprach da Lars-Lutz Loderhose. »Wenn Du schon ma' Harakiri machst, dann machste mir gleich 'n Tellerchen mit! Ich hab' schon lang nich' mehr japanisch gegessen!«

Und er setzte sich an den Wegesrand, in freudiger Erwartung einer süß-sauren Mahlzeit.

»Du Vollpfosten!«, brüllte der Ninja. »Wir sind hier nich' beim perfekten Dinner! Ich fordere Dich heraus, zum Vergleich unserer Kampfkunst! Ich lass Dich nur durch, wenn Du mich besiegst! Und jetzt pass auf, ich zeig Dir mal was!«

Und aus der hinteren Gesäßtasche, in der die Ninjas sonst traditionell eine großkalibrige Wumme tragen, falls die Kampfkunst mal versagt, holte er einen japanischen Rettich. Den steckte er dem verdatterten Lars-Lutz zwischen die Zähne. Das gestreckte Bein des Ninja schnellte direkt ins Gesicht des Webdesignerleins, das nicht wagte, sich zu rühren. Doch der normalerweise sofort tödliche Karatetritt war so kunstvoll ausgeführt, dass dem Webdesignerlein kein Haar gekrümmt wurde – und nur der Rettich, säuberlich geschält und in Wok-fertige Streifen geschnitten, zu Boden fiel.

»Nich' schlecht«, sagte der Lars-Lutz Loderhose »Aber da is' ja die Oma vom Rotkäppchen schneller! Jetzt zeige ich Dir mal was! Siehst Du das Trafohäuschen dort am Horizont vor sich hin brummen?«

»Ja!«, sagte der Ninja Norbert Nötzel »Ich kann es brummen sehen!«

»Also, folgender Plan: Ich renne in Nullkommanix zum Trafohäuschen und wieder zurück! Bei drei geht's los!«

Und der Lars-Lutz Loderhose zählte listig bis Drei und blieb wie angewurzelt stehen. Nach einer kurzen Pause fragte er: »Und? Gibst Du auf, oder soll ich's nochmal machen, Du Trantüte?«

Der Ninja glaubte nicht weniger, als dass das Webdesignerlein wirklich zu dem Trafohäuschen hin und wieder zurückgelaufen war, aber viel zu schnell für das menschliche Auge.

Und er weinte wie eine Handvoll Milchreis im Abtropfsieb: »Buhuhuuu! Ich hab' verloren! Laut Ninja-Handbuch muss ich mir jetzt selbst den Papierlampion auspusten! Und Harakiri is' kein Kindergeburtstag, wie schon meine alte Karateklassenlehrerin immer gesagt hat.«

Doch just in dem Moment, als sich der ehrenwerte Ninja Norbert Nötzel mit versteinerter Miene sein rasierklingenscharfes Kurzschwert in den Wanst rammen wollte, da nahm ihm der Lars-Lutz Loderhose das Messer weg und sprach: »Das kann doch gar nich' angeh'n! Du bist hier nich' bei Dramaqueen mit Guido Maria Quietschmann! Du hast doch Dein halbes Leben noch vor Dir!«

Der Ninja zog ein Hello-Kitty-Taschentuch aus seiner Geheimtasche und trocknete sich damit die Tränen.

»Ich glaub' an Dich!«, sprach das Webdesignerlein tröstend zu ihm. »Auch Du hast irgendein Talent, mach was draus!«

Da besann sich der Ninja Norbert Nötzel und weil sein größtes Ninja-Talent gewesen war, sich unsichtbar zu machen, wurde er Verkäufer im Baumarkt.

Das Webdesignerlein indes zog pfeifend weiter und vertraute auf den lieben Steve Jobs im Himmel. Nachdem es lange gewandert war, kam es in den Hof eines prächtigen Clubhauses in Flensburg-Düsterdeich.

Es war das Clubhaus des Motorradclubs Glasperlenspiel – einem gefürchteten Wohltätigkeitsverein, dessen Mitglieder für ihre bedingungslose Sensibilität an der ganzen schleswig-holsteinischen Märchenküste berüchtigt waren. Kaum war das Webdesignerlein vor dem Clubhaus erschienen und hatte die vielen verchromten Pferde der Rasse Harley-Davidson begutachtet, die davor angebunden waren, da wurde es auch schon von riesigen, grunzenden und tätowierten Rockern umringt.

Die wilden Männer, die Brustkörbe hatten wie die Gasboiler in der Gemeinschaftsdusche einer Jugendherberge und Oberarme wie frisch angegrillte Dönerspieße, sprachen: »Was bist'n Du für'n Lauch? Du bist wohl lebensmüde, hier einfach so aufzutauchen?«

Doch das tapfere Webdesignerlein zuckte nicht mit der Wimper, sondern öffnete sein billiges Holzfällerhemd, so dass die Rocker den bestickten Karategürtel sehen konnten, und es sprach: »Ich hatte heute schon 'n Ninja zum Frühstück, ich sag's bloß. Wenn ich mein Holzfällerhemd ausziehe, dann isses zu spät! Ab dem Zeitpunkt bin ich nich' mehr verantwortlich für das, was dann passiert! Also überlegt's Euch gut, zu wem Ihr Lauch sagt!«

Da wichen die Kerle erschrocken zurück und der Rocker Thilo fasste sich ein tätowiertes Herz und sprach: »Neneee, war ja nich' so gemeint! Wir mögen Lauch! Ehrlich! Wir sind quasi Vegetarier! Wir futtern Lauch, den ganzen Tag! Wenn's bei uns knattert, dann isses nich' zwangsläufig die Harley!«

Und die anderen Rocker nickten ganz kleinlaut mit gesenkten Köpfen und murmelten zustimmend in ihre Bärte. »Am besten wir bringen Dich erstmal zum Präsi. Vielleicht biste ja für irgendwas gut. Wir ham ein Waisenhaus für osteuropäische Studentinnen. Das braucht ja ab und an mal Objektschutz, wenn der Mopedclub ›Heiße Feile‹ aus Brunsbüttel-Düsterdeich in der Stadt is'.«

Und der Rocker Thilo, der so breit war wie eine Schrankwand mit Glasvitrine und so dämlich wie ein Teller lauwarmes Labskaus, warf sich den Lars-Lutz Loderhose über die Schulter und marschierte, gefolgt von seinen Brüdern, ins Clubhaus.

Ei, Ihr lieben Kinder, das war dort ein so wohltätiges Treiben, dass der gütige Steve Jobs im Himmel seine Freude hatte! An einem großen Tisch wurde die Kollekte für die Witwen und Waisen gezählt und die dicken Geldscheinbündel in Reisetaschen für die Wäscherei gestapelt. An einem anderen Tisch wurden glitzerndes, weißes Mehl und wohlriechende, nahrhafte Kräuter abgewogen, um die Not der Bedürftigen zu lindern. In einer anderen Ecke des Raums bot ein Tätowierer seine Dienste an, und eine Handvoll Rocker stand bei ihm an, um sich ein »1% Diddlmaus« oder ein »Mutti ist die Beste!« Tattoo stechen zu lassen. Um eine Schüssel Kekse saß in einem Stuhlkreis die Arbeitsgruppe »Gewaltfreier Kampfsport«. Und viele andere Members widmeten sich bei einem Malzbier dem Bibelstudium oder planten einen solidarischen Kuchenbasar, wenn sie nicht gerade mit ihren riesigen Baggerschaufelhänden Babysöckchen strickten oder Eierwärmer klöppelten.

Bald stand Lars-Lutz Loderhose vor dem Thron des Motorradclubpräsidenten.

Der Rocker Thilo sprach: »Hier, Präsi, der macht auf'n ersten Blick 'n ziemlich schwindsüchtigen Eindruck. Aber der haut Siebene auf einen Streich um! Gegen den is' Chuck Norris 'ne Friesentorte!«

»Hmmm ...«, sagte der Präsi zum Webdesignerlein und kratzte sich den Bart, dass die Flöhe und Wanzen in alle Himmelsrichtungen davonsprangen. »So 'n besticken Karategürtel kann sich doch jeder Honk im Internet bestellen. Andererseits hab ich heute auch keine Lust auf Stress mit som Karateheini. Ich hab' nur noch einen Zahn und den brauch ich, um mein Malzbier aufzumachen.«

Da nahmen die Rocker den Lars-Lutz als Clubmitglied auf.

Als die Schlafenszeit gekommen war, kam der Rocker Thilo und reichte dem Webdesignerlein seine Lieblingsbettwäsche von der Heavy-Metal-Band Iron Maiden.

»Hier, mein Guter! Du brauchst doch Bettzeuch!«, sprach er. »Und ich kann immer am besten schlafen, wenn mich 'n vergammelter Zombie mit 'ner bluttriefenden Axt dabei anstarrt. Gute Na-hacht!«

Lars-Lutz Loderhose dankte dem Rocker Thilo von Herzen und ging zu Bett. Doch er konnte nicht einschlafen, weil ihn von seiner kuscheligen Iron Maiden-Bettwäsche unentwegt ein vergammelter Zombie mit einer bluttriefenden Axt anstarrte.

Doch wie er so wachlag, hörte er, wie sich der Rockerpräsident heimlich mit seinen Männern unterhielt. Er hörte den Präsi sagen: »Morgen ist die kleine Ratte fällig! Morgen schicken wir den ins Jardelunder Moor!«

»Aber das ist doch fast schon bei den Dänen!«, rief Rocker Thilo besorgt.

»Noch besser!«, sprach der fette Präsi. »Im Jardelunder Moor wohnt der allesfressende Flachlandyeti!«

Alle Rocker nahmen sich vor Angst bei den Händen, als ihr Präsident fortfuhr: »Der hat 'n Maul wie 'ne Schrottpresse! Das war's dann mit dem Heini!«

Nun trank jeder noch einen Kasten Malzbier und die Rocker fielen in einen tiefen Schlaf.

Als das tapfere Webdesignerlein hörte, dass es ihm an den Kragen gehen sollte, sann es auf eine List.

Weil es auf Märchenbook mit dem Flachlandyeti über drei Ecken befreundet war, so schickte es ihm eine Privatnachricht: »Lieber Yeti, hast Du Hunger?«

Der Yeti antwortete umgehend: »Alder! Ich habe ein Maul wie 'ne Schrottpresse, ich hab' immer Hunger! Aber Du bist ja bloß 'ne halbe Portion!«

Da lachte das Webdesignerlein und schrieb zurück: »Alter! Ich meine ›All you can eat‹. Für umme! Ich sitz hier direkt an der Quelle. Ein ganzes Clubhaus voller zweihundert Kilo Brummer. Die schaffst Du gar nich' alle auf einmal!«

Da schrieb der Flachlandyeti: »Das woll'n wir wohl erstmal seh'n! Rück die Adresse raus, ich komm sofort!«

Und das riesige Ungetüm machte sich mit großen Sprüngen aus dem Jardelunder Moor auf zu dem Klubheim des Motoradklubs Glasperlenspiel und bei jedem seiner gewaltigen Hopser zeigte der Seismograf in der Märchenküstenerdbebenzentrale einen Wert von elf auf einer Skala von eins bis zehn.

Das Webdesignerlein schlich sich unterdessen in die Küche, stahl dem Koch ein Ei und einen Sack festkochende Kartoffeln. Dann schlich er auf Zehenspitzen zu den feurigen Harleys vor dem Clubhaus und steckte allen eine Kartoffel in den Auspuff. Nur das Motorrad vom Rocker Thilo, der ihm das schöne Bettzeug gebracht hatte, das verschonte er.

Im nächsten Moment bebte die Erde, dass im Klubheim die Teller auf den Tischen wackelten. Die Rocker sprangen aus ihren Betten und rannten in den

Hof. Da erblickten sie den sagenumwobenen Flachlandyeti.

Der Rockerpräsident starrte das Webdesignerlein entsetzt an und rief: »Sag mal, bist Du ramdösig? Der frisst uns doch jetzt alle!«

»Jaha! Mich nich'!«, sprach da das Webdesignerlein Lars-Lutz Loderhose. »Ich hau nämlich ab!«

»Wie denn?«, sagte der Präsident. »Du bist doch auch nich' schneller als der Yeti!?«

»Egal! Hauptsache ich bin schneller als Ihr!«, rief das tapfere Webdesignerlein und hurtig sprang es auf die wiehernde Harley vom Rocker Thilo, zerrte den Thilo hinter sich auf den Sitz und sauste knatternd und mit einem zünftigen »Hasta la vista, ihr Flachzangen!« vom Hof.

Die Rocker wollten es ihm gleichtun und mit ihren feurigen Krafträdern vor dem Monster fliehen, doch weil sie alle eine Kartoffel im Auspuff hatten, sprang keines ihrer Pferde an.

Da könnt ihr euch vorstellen, liebe Kinder, was der Flachlandyeti für ein Festmahl abgehalten hat! Und weil alle Rocker nun panisch im Klubhaus Schutz suchten, da hob er einfach das Dach ab und bediente sich von oben. Das kirchturmhohe Monster snackte schmatzend und rülpsend einen Rocker nach dem anderen und konnte gar nicht mehr aufhören, ganz so, als wäre das Klubhaus vom Motorradklub Glasperlenspiel eine Schachtel voller kreischender Chicken Nuggets.

Auf seiner Flucht sauste das Webdesignerlein mit dem Rocker Thilo, den es als einzigen gerettet hatte, an dem Waisenhaus für osteuropäische Kunststudentinnen vorbei.

Da schmiss er den Thilo vom Motorradsitz und sprach: »Hier hast Du dein Bettzeug zurück ... Ok, es is' wirklich sehr flauschig, aber der vergammelte Zombie mit dem bluttriefenden Beil, der passt nicht zu meiner Benjamin Blümchen Tapete in der lila Laube meiner Lieblingstante Lilli aus Lübeck.«

Der Rocker Thilo dankte ihm und sprach: »Ich wollte sowieso viel lieber Rapper werden als Rocker!« Und der Rapper Grandmaster MC Thilo zog in die Märchenhauptstadt Berlin-Herzegowina, um eine Rapperkarriere zu machen und wurde Taxifahrer.

Der Lars-Lutz Loderhose aber suchte sich im Waisenhaus die frömmste und schönste Kunststudentin aus und heiratete sie vom Fleck weg. Und weil die Rocker nun die Witwen und Waisen nicht mehr mit Mehl und Kräutern versorgen konnten, erbarmten sie sich und übernahmen selbstlos das wohltätige Geschäft.

Weil der auf tragische Weise verschwundene Motorradklub Glasperlenspiel einst zweiundachtzig Mitglieder zählte, ließ sich das tapfere Webdesignerlein einen Gürtel machen, auf dem in goldenen Lettern stand: »Neunundachtzig – auf zwei Streiche – plus ein ramdösiger Ninja«

Und sie lebten glücklich und zufrieden und die fromme, polnische Kunststudentin Jaqueline Loder-

hose, geborene Schneewittkowski, gebar dem Lars-
Lutz Loderhose sieben auffallend schwer erziehbare,
kleine Kindelein.

Doofröschen

Vor Zeiten war ein Paar, das lebte in einem prächtigen Kernkraftwerk aus purem Gold an der schleswig-holsteinischen Märchenküste. Das waren der Kernkraftwerksdirektor Wolfgang Brockendorf und seine Frau Turbine.

Eines Tages sprach die Turbine Brockendorf: »Ach, hätten wir nur ein Kind so rot wie Blut, so weiß wie Schnee und so schwarz wie Ebenholz.«

Da sprach der Wolfgang Brockendorf: »Moment mal! Erstens: Falsches Märchen! Zweitens: Das kann ich mir nich' alles auf einmal merken. Und drittens: Reicht nich' erstmal irgendein Kind?«

Als die schöne Turbine Brockendorf einmal am Ufer des Flusses weidete und trank, trug sich zu, dass ein Frosch aus dem Wasser ans Land kroch und zu ihr sprach: »Guten Tag, I bims, der Doktor Fernando Roberto Antonio Grünbein. Ich bin gar kein Frosch, ich bin in Wirklichkeit ein verwunschener Frauenarzt und Facharzt für Reproduktionsmedizin. Da kommst Du ma' bei Mondschein in meine Praxis, da kriegen wir das schon hin mit Deinem Kinderwunsch.«

Und alsbald bei Vollmond suchte die schöne Turbine Brockendorf wirklich den verwunschenen Frauenarzt Dr. Fernando Roberto Antonio Grünbein auf.

Und die Behandlung tat ihr gar so gut, dass sie mit glühend roten Bäckchen die Märchenküsten-Poliklinik verließ, und siehe da, einen Sommer später gebar sie dem Wolfgang Brockendorf eine wunderschöne Tochter.

Da beugten sich die beiden über die Wiege und blickten liebevoll ihr Kindelein an, während im Hintergrund das Kernkraftwerkorchester »Albert Einstein« seinen schluchzenden Geigen die höchsten Flötentöne entlockte.

Und die Turbine fragte ihren Wolfgang: »Sag mal … Wie wollen wir den unser Kind denn eigentlich nennen?«

Da wurde der Wolfgang ganz kurzatmig vom vielen Nachdenken und sprach: »Also … spontan fällt mir da nix ein.« Und er nahm sie behutsam in den Arm und raunte hingebungsvoll: »Außer vielleicht Turbine 2, da kann ich Euch gut auseinanderhalten.«

Doch die Turbine erwiderte zärtlich: »Du Torfkopp! Du hast wohl zu nahe an der Wand geschaukelt? Turbine 2 is' doch kein Name, sondern 'ne Krankheit!«

Und da sahen sie, dass das Kindlein so rot war wie ein Röschen und so doof wie ein Döschen und nannten es fortan Doofröschen.

Das Doofröschen ward so schön und lieblich, dass der Wolfgang Brockendorf vor Stolz eine rauschende »Welcome Baby«-Party im prunkvollen Speisesaal, inmitten seines Kernkraftwerkes aus purem Gold ausrief.

Von den entlegensten Regionen der schleswig-holsteinischen Weltkugel ließ er die größten Köstlichkeiten herbeischaffen: Walfischrisotto vom Plöner Seewal, Schaschlik mit ganzen Wildschweinen, belegte Elefantenbrötchen, für die Kinder kandiertes Nilpferd am Stiel, Kürbis-Bowle mit ganzen Früchten und Eisbergsalat in Originalgröße.

Das Kernkraftwerksorchester »Albert Einstein« spielte zünftig zum Tanze auf und geladen waren die zwölf wichtigsten Märchenküsten-Promis, z. B. die beiden Märchenküsten-Präsidenten Daniel und Günther, dazu noch die echten Prinzen Jens Semperoper und Sebastian Brummzwiebel sowie Märchenrocker Udo Lindenwurm, der aber eigentlich zu jeder Party kam, auf der es einen Eierlikörbrunnen gab.

Als alle zwölf wichtigen Promis auf Märchenbook ihre Teilnahme zugesagt hatten, da freute sich der Wolfgang Brockendorf und sprach zu seiner Frau Turbine: »Das trifft sich ja super, ich habe doch im Märchenküsten-1-Euroshop Pappteller aus purem Gold gekauft. Und in einer Packung sind genau zwölf drin! Gib mir five, Turbine!«

Das Fest ward mit aller Pracht gefeiert, mit prahlerischem Protz, prächtigstem Prunk, prickelnd-prallen Primadonnen, prustendem Prost, preisgekrönter Prosa, problematischen Prominenten und auch sonst viel PR.

Plötzlich gab es ein lautes Getöse und die schwere Speisesaal-Tür flog aus ihren Angeln und knallte flach auf den Boden. In gleißend weißem Scheinwerferlicht stand da eine mächtige Hüttenzauberin aus dem verwunschenen Lande Sachsen-Herzegowina, die Dschungelhexe Melanie Müllerstochter.

Und sie rief: »Bei Euch hackt's wohl? Ich seh wohl nich' richtig? Ihr feiert hier 'ne Hütten-Party ohne mich, oder was? Ich will sofort den Veranstalter sprechen!«

Da ging der Wolfgang Brockendorf zu der Hexe Melanie Müllerstochter, die derweil vor Wut aus ihren schweißglänzenden Flanken dampfte, und sagte: »Naja, also ehrlich gesagt, das war so: Ich habe im Märchenküsten-1-Euro Shop 'ne Packung Pappteller aus purem Gold gekauft, da war'n bloß zwölf drin. Da musst Du jetzt auch mal Verständnis haben!"

Doch die Melanie Müllerstochter rief: »Nüscht is! Das hat Konsequenzen! Weil Ihr mich nich' als Topact bei der Schiffstaufe vom schönen Doofröschen gebucht habt, soll sie sich an einem Kaktus stechen, wenn sie fünfzehn is' – und über die Wupper geh'n! Macht's gut, Ihr Eierköppe!«

Sprach's, bestieg ihren verchromten Dampfbesen und knatternd und mit einigen Fehlzündungen flog sie in den Sonnenuntergang.

Da könnt ihr euch vorstellen, liebe Kinder, wie dämlich da die Gäste aus der Wäsche geguckt haben. Und es hob ein Jammern und Zähneklappern an, wie bei minus 40 Grad an der Bushaltestelle in Sibirien-Herzegowina.

Doch da erhob sich Onkel Peter aus Rendsburg-Düsterdeich, den alle nur den »Copperfield für

Kassenpatienten« nannten, zauberte ein Kaninchen aus dem Dekolletee seiner Frau und rief:

Da freuten sich alle, klatschten und jubelten und Onkel Peter sprach: »Sollte sich das Doofröschen tasächlich mit fünfzehn Jahren an einem Kaktus stechen, so soll sie nich' tot um-, sondern nur in einen tiefen, hundertjährigen Schlaf fallen. Wie bei einem Tatort mit Axel Milbenberg!«

Sprach's, zauberte aus seiner linken Hosentasche ein Handy hervor und rief sich ein Taxi nach Rendsburg-Düsterdeich.

Da sprach der Kernkraftwerksdirektor Wolfgang Brockendorf: »Also eins is' klar: Ab sofort müssen alle Kakteen im Märchenwald glatt rasiert werden. Wie ein Babypopo! Wenn ich auch nur einen erwische mit nem unrasierten Kaktus, dann is' hier Achterbahn, Loide! Ich schicke das auch noch mal gesondert als Briefing rum.«

Da seiften alle Märchenwaldbewohner ihre Kakteen ein und rasierten ihnen die Stacheln ab.

Das Doofröschen wuchs derweil zu einem wunderschönen Teenager heran. Und weil sie als Einzige in ihrer Klasse Schwimmhäute zwischen den Zehen hatte, gewann sie jeden Schwimmwettbewerb. Und auch beim Hochsprung glänzte sie mit großer Sprungkraft und gewann alle Märchenküsten-Bundesjugendspiele, wenn sie nicht gerade mit ihrer langen Zunge Fliegen aus der Luft fing.

Am fünfzehnten Geburtstag des Doofröschens sprach der Vater, der Kraftwerksdirektor Wolfgang Brockendorf, zu seiner Tochter: »Ich habe bei eBay-ganz-Kleinanzeigen ein schönes gebrauchtes Kernkraftwerk für Selbstabholer gefunden. Das muss ich mir jetzt mal ankieken, ich will ja nich' die Katze im Sack kaufen. Wir sind in 'ner Stunde wieder da, dann gibt's Kaffee und Friesentorte.«

Aber als das schöne Doofröschen Brockendorf in dem Kraftwerke des Vaters so alleine war, da wurde ihr ganz langweilig. Wie einem Mathematikschüler beim Pauken von Exponentialfunktionen.

Und so stromerte sie durch das Kernkraftwerk, besah sich die majestätische, seit Jahren defekte Abgasfilteranlage und staunte über die herrlichen, edelsteinverzierten Turbinen in der großen, goldenen Turbinenhalle.

Schließlich gelangte sie zu einem alten, stillgelegten Kühlturm.

Darin saß ein altes Mütterlein an einem Spinnrad und sponn feinstes Garn aus bester schleswig-holsteinischer Froschwolle. Da fragte das Doofröschen erstaunt: »Was machst'n Du hier?«

Und das Mütterlein antwortete: »Ich spinne!«

Da sagte das Doofröschen: »Das seh' ich auch,

aber was machst'n Du da?« Und sie zeigte mit dem Finger auf das Spinnrad, weil sie noch nie eins gesehen hatte.

Und das Mütterlein erklärte dem Doofröschen, wie sie aus der Froschwolle das Garn, und aus dem Garn die Stoffe für Kleider machte.

Da rief das Doofröschen: »Oh Mann, du bist ja voll lost! Warum gehst'n Du nich' einfach zu H&M, wie jeder normale Mensch – und außerdem, mal was anderes: Tut das Not, dass bei Dir so'n unrasierter Kaktus rumsteht? Die Dinger sind seit fünfzehn Jahren verboten! Mann, Mann, Mann. Na, den entsorg' ich lieber gleich!«

Und wie das Mädchen nach dem Kaktus griff, da stach sie sich mit dem Stachel in ihr Stinkefingerlein, und fiel sowohl um, als auch an Ort und Stelle in einen tiefen Schlaf. Und sie schnarchte wie ein Sägewerk im Amazonas in Brasilien-Herzegowina.

Da warf das alte Mütterlein seinen Umhang von sich und darunter kam die mächtige Hüttenzauberin Melanie Müllerstochter zum Vorschein. Und sie lachte wie der defekte Anlasser einer Motorkettensäge, verwandelte sich in ein Flugzeug voll besoffener Touristen und flog nach Bulgarien-Herzegowina.

Der tiefe Schlaf aber senkte sich wie eine große Wolke Plutonium über das Märchenküstenkernkraftwerk und alle seine Bewohner fielen in den gleichen, tiefen Schlaf.

Da schliefen selbst die ungeduldigen Mopeds im Stall, die flinken Silberfischlein im Bade, auch die geselligen Wanzen im Bette hörten auf zu tanzen und schliefen ein, der Fernseher zeigte nur noch ein Testbild und fiel in ein tiefes Standby, die Kernschmelze im Kesselhaus ward ganz still und sogar das Sandmännchen, das gerade den Kindern im Kernkraftwerkskindergarten radioaktiven Schlafsand in die Augen streuen wollte, schlief ein und kippte vorn über.

Auch die Mitarbeiterinnen in der Buchhaltung knallten mit der Stirne auf ihre Tastaturen und schnarchten, nur die Mitglieder der Geschäftsleitung bekamen von all dem nichts mit und schliefen einfach weiter.

Mit den Jahren wuchs aus dem kleinen Kaktus, der das Doofröschen gestochen hatte, ein stattlicher Kaktuswald, der bald so groß war, dass er das ganze Kernkraftwerk aus purem Gold einschloss.

Da fiel der Strom aus und es ward dunkel an der schleswig holsteinischen Märchenküste. Und die Bewohner sprachen: »So ein Schiet, mit dem Schiet! Zweihundert Puls hab ich bald, Duuuu! Da hat doch einer geschlampt, da hat doch wieder einer sein' Job nich' gemacht! Und dass da mal einer reingeht und 'n F-I-Schutzschalter wieder reindrückt, is' wohl zu viel verlangt, oder was?«

Und sie versuchten, durch die dicke Kaktus-Hecke in das Kraftwerk zu gelangen, doch alle kamen wieder nach Hause und waren so zerkratzt, als hätten sie versucht, einem tasmanischen Teufel mit der Bastelschere die Krallen zu schneiden.

Eines Tages kam der gefürchtete Rapper Kapital Bratwurst aus Berlin-Herzegowina, der wegen seiner Liebe zum Nutzhanf, beziehungsweise zur Hanfnutzung, an der Märchenküste als großer Pflanzenexperte galt. Er stellte sich vor die Kaktushecke und sang: »Mein kleiner grüner Kaktus, Holla Hi Holla Lelelele!«

Doch da lachte die Kaktushecke nur, und weil sie kein Freund geschwätziger Rapmusik war, verschlang sie den Kapital Bratwurst mit Haut und Haaren und spuckte danach rülpsend seine Baseballkappe wieder aus.

Da waren die Märchenküstenbewohner froh, dass sie sich nun die inhaltslose Rapmusik nicht mehr anhören mussten. Doch wie dem Rapper erging es Vielen. Und egal, mit welchen Werkzeugen sie auch versuchten hindurch zukommen, sie wurden allesamt von der fleischfressenden Kaktus-Hecke des Grauens verspeist.

Eines Tages kam der schöne schlanke Geronimo Schubert aus Schleswig-Düsterdeich in seinem schnellen schnittigen Lanz Bulldog angaloppiert, bremste mit quietschenden Hufen, stieg aus und sprach: »Könnt Ihr bitte ma’ alle weggucken, ich muss ma’ ganz dringend für Leichtmatrosen!« Und er stellte sich an die Kaktus-Hecke, um sich zu erleichtern und griff ungeduldig nach dem Hosentore.

Da tat sich auf einmal die Hecke vor ihm auf und all die stacheligen Kakteen, die bis dahin jedem den Einlass verwehrt hatten, wichen zurück und begannen in den prächtigsten Farben zu blühen. Da vergaß der schöne, schlanke Geronimo Schubert aus Schleswig-Düsterdeich sein menschliches Bedürfnis und sprach: »Ich glaub, ich seh nich' richtig! Das is' ja ein Kernkraftwerk aus purem Gold! Das muss ich mir mal genauer angucken«.

Und er sah im Stall die schlafenden Mopeds, die schlafenden Silberfischlein im Bade und hörte die schnarchenden Wanzen im Bette.

Er lief vorbei an den schlafenden Mitarbeiterinnen in der Buchhaltung und entdeckte auch den schlafenden Kraftwerksdirektor Wolfgang Brockendorf mit seiner Frau Turbine, die genau in dem Moment eingeschlafen waren, als sie sich zur guten Nacht küssen wollten. Und so standen sie nun seit hundert Jahren mit hängenden Armen, Stirn an Stirn gelehnt und mit einer dicken Staubschicht bedeckt, mitten in ihrem Schlafzimmer.

Als er schließlich in den Kühlturm kam, so lag da ein wunderschönes Mädchen, die schnarchte so lieblich, wie das klemmende Überdruckventil einer Bio-Gasanlage voller Veggiewürstchen.

Da war es um den schönen, schlanken Geronimo Schubert aus Schleswig-Düsterdeich geschehen und sein kleines Herz stand lichterloh in Flammen.

Und er sprach zu sich: »Das is' ja mal 'n Schnäppchen! Nach so einer kannst Du bei Märchenküsten-Tinder ja lange suchen!«

Und er küsste sie zärtlich auf ihre einhundertundfünfzehn Jahre alte Pfirsichhaut.

Da erwachte das Doofröschen, schlug die Augen

auf und sprach: »Schiet, ich hab' verpennt, ich muss zum Schulbus!«

Doch der Geronimo Schubert sagte: »Putz Du Dir lieber erst mal de Zähne mein Frollein, Du riechst, als hättst Du hundert Jahre geschlafen! Und zwar mit 'ner alten Tennissocke im Mund! Und als Betthupferl gab's wahrscheinlich 'ne Dose Hering …«

Und in dem Märchenwald-Kraftwerk erwachten alle aus ihrem hundertjährigen Schlaf. Nur das bescheuerte Sandmännchen, dass mit den Augen voll in seinen eigenen Schlafsand gefallen war, schlief einfach weiter.

Da hub das Doofröschen an zu erzählen, was vor hundert Jahren vorgefallen war, doch der schöne Geronimo sprach: »Das is' ja alles gut und schön, aber können wir das bitte 'n büschen abkürzen und umständehalber gleich heiraten, ich muss nämlich immer noch ganz dringend pullern.«

Da war das Doofröschen zufrieden und heiratete geschwind den schönen schlanken Geronimo Schubert aus Schleswig-Düsterdeich.

Und an der schleswig-holsteinischen Märchenküste ging wieder der Strom an. Da freuten sich die Märchenküstenbewohner, dass sie wieder Erbsen einfrieren konnten.

Und die, die zum Zeitpunkt des Stromausfalls gerade einen etwas langatmigen Tatort mit Axel Milbenberg gesehen hatten, schalteten ihre Fernseher wieder an und sprachen zu sich: »Die ersten hundert Jahre ham wir jetzt eben verpasst. Aber die zweite Hälfte können wir ja immer noch kucken!«

Das Doofröschen aber sprach zu Ihrem Gemahl, dem schönen Geronimo Schubert, nachdem sie sich gegenseitig die Ringe angesteckt hatten: »So Geronimo, das hätten wir! Sag mal, wolltest Du nich' noch ganz dringend pullern gehen?«

Und der schöne Geronimo lächelte keck und sprach: »Ach, weißt Du was, dafür isses jetzt auch zu spät.«

Und so lebten sie glücklich und zufrieden alle Jahre und sogar noch etwas länger. Und wenn sie immer noch nicht gestorben sind, dann haben sie einen verdammt guten Hausarzt.

Supersterntaler

Es war einmal eine junge Frau, die hieß Margitta Hackebeil, die zählte süße neunzehn Lenze und wohnte zusammen mit ihren Eltern in Bad Oldesloe-Düsterdeich in einem schicken Loft aus purem Gold in der alten Kornfabrik.

Ihr Vater war der reiche Steuerhinterzieher Klaus Eduard Hackebeil, der es mit der Kunst des Verlustvortrags zu einem beachtlichen Vermögen gebracht hatte. Seine Frau war die schöne Emma Hackebeil, eine begabte Giftmischerin, die sich auf die Kunst verstand, aus Schiffsdiesel Aquavit zu destillieren.

Eines Tages stand der findige Finanzfahnder Frank Florian Fuchtel vor der mit Gold beschlagenen Türe des reichen Steuerhinterziehers Klaus Eduard Hackebeil und verlangte stürmisch nach Säcken voller Gold und Kisten voll wertvollem Tinnef und Tüddelkram.

Doch weil der alte Steuersünder noch nie in seinem Leben einen Kreuzer Steuern gezahlt hatte, so sprach er: »So ein Schiet mit dem Schiet! Zweihundert Puls hab ich bald, Duuuu!« Und er fiel vor Geiz im gleichen Augenblick aus Versehen tot um.

Da sprach die Emma Hackebeil: »Das kann ja wohl nich' dem sein Ernst sein! Jetzt liegt der hier ja nur noch im Weg rum! So ham wir nich' gewettet, Du Leichtmatrose!«

Da reichte sie unverzüglich die Scheidung ein und verschwand mit ihrem Scheidungsanwalt und dem gemeinsamen Vermögen.

Da könnt Ihr Euch vorstellen, liebe Kinder, wie bedröppelt das Fräulein Margitta Hackebeil da aus ihrer goldenen Wäsche geguckt hat!

Und sie sprach: »Hach! Sowas! Meine lieben Eltern! Die sind immer für 'ne Überraschung gut! Aber wir sind hier an der schleswig-holsteinischen Märchenküste, da läuft das ja scheinbar immer so, dass das Märchen erst losgehen kann, wenn die Eltern über die Wupper gegangen sind. Naja, wenigstens hab ich noch das Loft aus purem Gold in der Kornfabrik!«

Und weil sie nicht die Hellste war, war sie's zufrieden. Und da ihr so ganz ohne Eltern ein bisschen langweilig war, schob sie die Singstar-Disc in ihre hölzerne Playstation und ließ ihre Stimme erschallen, die so lieblich war, wie die kratzige Seite eines Scheuerschwamms.

Und sie sang:

*»Ohhhh, wie schön is' Oldesloe! Wer was
and'res sagt, kriegt von mir eins vor´n Latz...«*

Doch weiter kam sie nicht, denn da klingelte auf einmal der Miethai Dr. Paul Plumpsschädel von der

Immobilienspekulatius GmbH und CoKacola an der riesigen Flügeltüre und sprach: »Guten Tag, reizendes Fräulein Hackebeil, i bims, der Paul Plumpsschädel. Ich bin ein bettelarmer Miethai, und ich wohne nebenan in Rümpel-Düsterdeich in einer winzigen Hütte mit kaum vierhundert Quadratmetern. So ein Loft wie Ihr's, davon träum ich schon lange, da könnte ich endlich mal die Beine ausstrecken!«

Die Margitta Hackebeil, auf deren zierlicher Schulter ein mitfühlendes Herz tätowiert war, erwiderte: »Das ist ja furchtbar, sie armer, kleiner Miethai, vierhundert Quadratmeter! Sie ham ja wirklich nix zu lachen, und hungrig sehen sie auch aus, soll ich Ihnen vielleicht 'n Kirschkuchen backen?«

Doch der Miethai winkte dankend ab und sprach: »Nee, nee, Kirschkuchen soll ich nich, sagt mein Hausarzt, der Doktor Eisenbart. Mein Blutzuckerspiegel wäre vom süßen Champagner angeblich schon so hoch wie der Wikingturm in Schleswig-Düsterdeich. Aber wenn ich so ein schönes Loft hätte wie Sie, das wär' schön!«

»Na gut«, sagte da das nette, verwaiste Fräulein Hackebeil. »Von mir aus, hier sind die Schlüssel, guter Mann, für mich alleine is' das Loft auf Dauer sowieso zu groß. Staubsaugen dauert 'ne gute Woche, und wenn ich fertig bin, kann ich gleich wieder von vorne anfangen. Und wenn ich mir mal 'n Bier aus der Küche holen will, brauch ich 'n Fahrrad.«

Da freute sich der arme Miethai Dr. Paul Plumpsschädel und machte einen Flachköpper auf das gigantische, reich verzierte Sofa. Und er zündete sich sogleich eine oberarmdicke Havanna-Zigarre mit einem 50-Taler-Schein an, schlug die Beine übereinander und rief: »Was machst'n Du noch hier? Nu aber ma' raus aus meinem Loft! Ich sage nur: Eigenbedarf!«

Da klemmte sich die Margitta Hackebeil ihre hölzerne Playstation-1695 unter den Arm und machte sich voller Vertrauen in den lieben Steve Jobs im Himmel von Oldesloe-Düsterdeich auf in die große weite Welt.

Sie wanderte eine ganze Weile durch die unendlichen Weiten der schleswig-holsteinischen Botanik und der gütige Steve Jobs im Himmel hatte ein Glubschauge auf sie und ernährte sie mit den süßen Früchten des Rosenkohlbaumes. Da könnt ihr Euch vorstellen, liebe Kinder, wie schön sie davon pupsen konnte!

Und weil sie ein leichtes Gemüt hatte, so sang sie lieblich vor sich hin:

»Willst Du, dass ich verrecken soll,
wieso gibt's heute Rosenkohl?
Ich knatter hier die Bude voll,
und wie das hier riecht,
or äh äh äh iiieh!«

Eines Tages begegnete ihr auf ihrem Irrweg durch die schleswig-holsteinische Tundra der Berufsjugendliche Tobias Knüzel von der Newcomer-Band »Die Printen«, der mit seiner schiefen »Dürfen-darf-manalles«-Baseballkappe hopsend und pfeifend daher kam.

Als der Sängerknabe Tobias Knüzel das Fräulein Hackebeil mit der hölzernen Playstation-1695 unter dem Arm erblickte, rief er: »Oh! 'ne Playsi-1695! Aus purem Holz! So eine hätt ich auch gerne! Aber dafür hab' kein Geld, das reicht ja bei mir nich' mal für ein anständiges Moped, Alder!«

Als die Margitta Hackebeil sah, dass der arme Junge den Schirm seiner Baseballkappe nach hinten gedreht trug und ihm seine Hose auf fünf vor halb acht hing und der überwiegende Teil seines Hinterns, nämlich anderthalb Pobacken von insgesamt zwei, hinten heraushingen, damit man seinen »Tommy-Hilf-mir«-Schlüpfer besser sehen konnte, da wurde ihr mitfühlendes Herz so weich wie ein zerlaufener Camembert jenseits des Verfallsdatums.

Und sie sprach: »Weißt Du was, Tobias? Du hast kein Moped, keine Playstation, kein Hirn – und das is' bestimmt für Dich auch nich' immer einfach! Hier, hast Du meine Playstation aus Holz, die schenk ich Dir, damit das Gejammer mal aufhört!«

Da versuchte der Tobias Knüzel auf der Stelle die schöne Margitta Hackebeil zu erklimmen, um ihr vor lauter Freude und Dankbarkeit einen feuchten Schmatzer quer über das ganze Gesicht zu geben.

Doch das Fräulein Margitta machte einige Bock-sprünge, wie ein betrunkenes Brauereipferd vor der Apotheke, warf ihn ab und sang:

Doch der Tobias hatte schon gar nicht mehr zugehört und war mit seiner Playstation-1695 aus goldenem Eichenholz bereits über alle sieben brennenden Altreifenberge, um mit seinen nichtsnutzigen Kumpels eine Runde »Grand Theft Pferdekutsche« zu spielen.

Die schöne Margitta Hackebeil rief dem Tobias noch nach: »Der gütige Steve Jobs im Himmel sei mit Dir, und vielleicht hilft er Dir ja auch mal, die Hose hochzuziehen und Deine Baseballkappe richtig rum aufzusetzen, Du Spacko!«

Das schöne Fräulein Hackebeil war froh, dass sie nun die schwere hölzerne Playstation nicht mehr schleppen musste und wanderte weiter guten Mutes durch die blühende, schleswig holsteinische Savanne.

Und wo sie auch hinkam grüßte sie herzlich einen jeden, den sie traf. Als sie am großen Plöner See vorbeikam, grüßte sie den Kapitän, der mit seinem Flugzeugträger dort zum Angeln vor Anker lag. Und der gute Mann antwortete ihr freundlich mit seinem Nebelhorn und einem Feuerwerk aus Mittelstreckenraketen.

Auch die sympathischen vierbeinigen Fischsaurier, die in den märchenhaften, uralten Zeiten noch allesamt am Leben waren, grüßten das Fräulein Margitta überschwänglich und sie schenkten ihr vor lauter Freude eine riesengroße Tüte saure Saurier-Drops, die noch viel saurier waren als alle Dropse, die die Margitta jemals gegessen hatte.

Bald aber kam sie in einen Wald, der so dunkel war, wie der Hintern eines Bären um Mitternacht. Um sich in der Finsternis ein wenig Mut zu machen, ließ sie wieder ihre kräftige Stimme ertönen, die so schön war, wie der Klang einer Gefahrenbremsung der S-Bahn.

»Ahnungslos durch die Nacht,
und das ganze um halb acht,
ahnungslos, sorgenfrei
arbeitslos und Spaß dabei…«

Und wie sie so sang, da sah sie eine kleine Hütte, in der noch Licht brannte. Singend marschierte sie darauf zu und weil die Türe offenstand, da betrat sie die Wohnstube, in der zigtausend Petroleumlampen ein gleißend helles Zwielicht verstrahlten.

In der Wohnstube aber saßen an einem etwa acht Meter langen, gebogenen Fliesentisch drei Gestalten: Ganz links saß ganz verpixelt der ehemalige Märchenwaldschlagersänger Michael Wendeltreppe, in der Mitte der wahnsinnig dreinblickende Grunzrocker Till Lila-Lindenwurm und daneben der an der schleswig-holsteinischen Märchenküste weltberühmte Erfinder des lauwarmen Wassers, der holzfreien Mettwurst und des alkoholfreien Popschlagers: Der Poptitan Dieter Biba-Butzebohlen!

Und wie sie die scharfe Margitta Hackebeil singen hörten und sahen, wie das schöne Fräulein über ein Kamerakabel stolperte und der Länge nach hinschlug, da riefen sie voll Entzücken: »Also, an der Tanzperformance musst Du noch büschen arbeiten, nä!«

Der Michael Wendeltreppe sprach: »Du bist genau das, was wir hier suchen und außerdem: Die Erde is' 'ne Scheibe!«

Der Till Li-La-Lindenwurm grunzte: »Du flatterst hier zur Türe rein, Gott weiß, Du musst ein Engel sein!«

Und der Dieter Biba-Butzebohlen sprach: »Jetzt gebt der doch erst mal 'ne Schelle, damit die wieder aufwacht! Ansonsten fand ich das meeeega!«

Der Till Li-La-Lindenwurm tat wie ihm geheißen, und nachdem er der Margitta Hackebeil eine mehr gescheuert hatte, als nötig gewesen wäre, schlug die wieder die Augen auf und fragte: »Huch! Wo bin ich?«

Doch da sah sie schon das große DSHMKSDSST-Logo hinter dem Fliesentisch und da wusste sie sogleich, dass sie im Fernsehstudio von *Die schleswig-holsteinische Märchenküste sucht das Supersterntaler* gelandet war.

Das Studiopublikum war angesichts der schönen Margitta Hackebeil total aus dem Knusperhäuschen, klatschte rhythmisch und grölte anerkennend: »Auszieh'n! Auszieh'n!«

Die scharfe Margitta Hackebeil ließ sich nicht lange bitten, und weil sie so ein gutes Herz hatte, dachte sie bei sich: »Ich bin hier ja bei *Die schleswig holsteinische Märchenküste sucht das Supersterntaler*, das guckt ja eh keine Sau mehr, da kann ich ruhig mein Leibchen auch noch verschenken! Hier sieht mich ja niemand! Und die armen Leute hier ham bestimmt nix zum Anziehen! Loide, hier habt Ihr mein letztes Hemd!«

Als der lüsterne Greis Dieter Bi-Ba-Butzebohlen ihrer prachtvollen Südkurve ansichtig wurde, rief er laut: »Jawoll! Du bist es! Du bist unser neuer Supersterntaler!« Und er drückte unter seinem Platz am Fliesentisch den geheimen Knopf und löste die vorschriftsmäßige Glitterbombe aus!

Ei, Ihr lieben Kinder, da regnete es wie Gold auf das neue Supersterntaler herab, bis nur noch ihre abstehenden Ohren aus dem Glitterberg heraus schauten. Der Dieter Bi-Ba-Butzebohlen aber rief sogleich in seiner Heimatstadt Tötensen-Düsterdeich an und informierte seine Frau, dass sie nunmehr seine zukünftige Ex-Frau wäre.

Die schöne Margitta Hackebeil war's zufrieden und nahm den Dieter Bi-Ba-Butzebohlen zum Gemahl. Doch weil der nach einer Woche merkte, dass die Margitta Hackebeil nicht kochen konnte, nahm er schreiend Reißaus.

Und so lebte die Margitta Hackebeil glücklich mit dem Reichtum des alten Bi-ba-Butzebohlen. Und es gab alle Tage lecker Fisch zu essen, aus Dieters Koi-Karpfen-Teich.

Klappstuhl und Rosenrot

Es war einmal eine arme Witwe, die Ingeborg Keule aus Elmshorn-Düsterdeich, die lebte einsam in einem stillgelegten Wohnwagen in der Barker Heide mit Blick auf den Flugplatz Hartenholm.

Nicht selten landete ein frisierter Golf in ihrem hübschen Garten, wenn ein Kevin oder ein Jan mal wieder während des illegalen Autorennens auf dem Rollfeld eine SMS an Mutti geschrieben hatte.

Sie verkaufte die verbeulten Autos im Märchenküsten-Internet auf www.wir-kaufen-deinen-verbeulten-Golf.de und verdiente über die Jahre so viele Bitcoins aus purem Gold, dass sie sich auf dem echten Mittelaltermarkt zwei herzensliebe Kindlein kaufen konnte.

Da war sie nun nicht mehr einsam und sah, wie die beiden Mädchen zu prächtigen, halslosen Blagen heranwuchsen.

Nun trug es sich zu, dass eines schönen Sommertages die beiden zu ihrer Mutter, der Ingeborg Keule, eilten und riefen: »Ey, Keule! Sag mal, wir ham ja bald Konfirmation und immer noch keine Namen! Du rufst uns immer nur Kind eins und Kind zwei, da wissen wir überhaupt nich', wer gemeint is'! Setz mal bitte Dein Erbsengehirn in Gang, wir wollen richtige Namen, liebe Muddi!«

Da sprach die Witwe Keule gerührt: »Gut, hab' ich verstanden, aber das muss was sein, was ich mir auch merken kann, da brauch ich 'n büschen für, und nu' ab in de Schule mit Euch!«

Und da setzte sie sich auf ihren weißen Klappstuhl in ihrem Garten vor dem Wohnwagen und betrachtete versonnen ihre beiden Rosenbäumchen, von denen das eine rote, und das andere weiße Röslein trug. Und sie sprach: »Ich hab's! Rot und weiß, das is' doch die Idee! Die eine is' doch 'n büschen rot wie das Rosenbäumchen und die andere is' schneeweiß.«

Sie sprang von ihrem weißen Klappstuhl auf und rief stolz: »Ich nenne Euch Klappstuhl und Rosenrot!«

Die Klappstuhl und die Rosenrot hatten einander so lieb, dass sie sich immer an den Händen fassten, sooft sie zusammen ausgingen; und wenn Rosenrot sagte: »Wir wollen uns nicht verlassen, solange wir leben«, so antwortete Klappstuhl »Alles klar, von mir aus, versprechen kann ich's – aber drauf wetten würd' ich lieber nich'!«

Und die Mutter Keule setzte liebevoll hinzu: »Gesabbel einstellen, nach'm Sandmann ab ins Bett – und zwar alle beide!«

Oft liefen sie an der Märchenküste allein umher, doch nie geschah ihnen etwas. Sie gingen zum Märchensultan in die Shisha-Bar, tanzten Pogo mit den braunen

Häslein, aßen vergnügt Vogelbeeren, ohne dass ihnen schlecht wurde, fassten an den Weidezaun, ohne eine gewischt zu kriegen, leckten im tiefsten Winter an der eisernen Reling und feierten wilde Partys mit den blutrünstigen Rockern vom Motoradclub MC Glasperlenspiel, ohne dass ihnen jemand K.O.-Tropfen in den Kamillentee träufelte.

Im Wohnwagen ihrer Mutter hielten Klappstuhl und Rosenrot die Unordnung so sauber, dass es eine Freude war, hineinzuschauen.

Und die überall herumliegenden Katzenfutterverpackungen waren fein säuberlich gespült und glänzten in der Sonne. Sogar den kleinen Wollmäusen unter dem Bette banden sie feine Schleifchen ins Haar, dass diese adrett und niedlich durch den Wohnwagen kullerten.

Eines Abends, als sie so vertraulich beisammensaßen – auf Mutter Keules iPad lief DSHMKSDSST – *Die schleswig-holsteinische Märchenküste sucht das Supersterntaler* –, da klopfte jemand an die Türe.

Die Mutter sprach: »Hopp, hopp, Klappstuhl, mach auf, das sind bestimmt die Zeugen Jehovas, ich wollte schon lange mal mit denen über Gott reden!«

Doch draußen vor dem Wohnwagen stand ein zotteliger, trotteliger Bär und sagte: »Juten Tach, ick bin's, der Berliner Bär aus Köpenick-Herzegowina, ick hab' ma valoofen an der Scheiß Märchenküste, keine Schilder, ick such den Alexandaplatz, aba wat seh ick? Überall nur Kühe! Wo genau jeht'n dit hier zum Fernsehturm?«

Da rannten die Kinder vor Schreck dreimal um den Fliesentisch und versteckten sich im Uhrenkasten.

Die Mutter Keule sprach: »Sagt mal – seid ihr bescheuert oder was? Raus aus'm Uhrenkasten, wir sind hier nich' beim Wolf und den sieben Geißlein? Das hier is' doch DSHMKSDSST n Bär!«

Da riefen Klappstuhl und Rosenrot wie aus einem Munde: »Ja, aber 'n Berliner!«

Der Berliner Bär fragte »Weiß hier irgendjemand, wie spät dit is'?«

»Leider nich'!«, sprach da die Ingeborg Keule. »Die Uhr is' stehengeblieben, weil sich meine bescheuerten Kinder ma' wieder im Uhrenkasten versteckt ham!«

»Papperlapapp!«, rief da der Berliner Bär. »Freunde, ick bin den janzen Tach die vaflixte Mächenküste längs jeloofen, ick muss ma jetzt auch ma ausruhen … Ma' die Sniekers ausziehen, ma' die Füße hoch, vielleicht jibt's hier wat zu futtan? Bulette, paar Gurken und Bier oder sowat – denn müsst ich auch die Kinder nich' fressen, is' doch für alle jut!«

Die Mutter Keule ließ den Berliner Bären herein, staubsaugte ihm geschwind die Läuse aus dem Pelz, hängte seine goldene Baseballkappe mit der roten Krone an die Garderobe und sagte: »Buletten ham wir nich, wir ham nur Frikadelle!«

Da sprach der Berliner Bär: »Nee, na denn nur Gurken und Bier. Ick ess nämlisch nur Bulette. Dit is' ja wieda ma' typisch schleswig-holsteinische Märchenküste! Ick wunda ma über janüscht mehr!«

Und der Berliner Bär trat ein, aß sich satt und legte sich vor die Propangasheizung des Wohnwagens.

Da verloren Klappstuhl und Rosenrot ihre Furcht vor dem Bären, sie tobten und sprangen auf ihm herum und schmiegten sich schließlich an sein kuschelweiches Fell.

Und von Stund an kam der Berliner Bär jeden Abend in den Wohnwagen an der schleswig holsteinischen Märchenküste, nachdem er tagsüber in Berlin Herzegowina im Märchenpark Hasenheide bunte Bonbons an bedürftige Kinder verkauft hatte.

Und so lebten sie glücklich und zufrieden, bis der Winter vorbei war, und der Berliner Bär sprach: »Ick muss jetzt ma' abtauchen für 'ne jewisse Zeit. Ick werde nämlich vom Märchenwaldfiskus gejagt. Weil ick mein Bonbon-Handel nich' anjemeldet habe. Gut, ick hätte vielleicht nich' auch noch Grundsicherung beantragen soll'n, aba wenn die mir awischen, dann nehmen die mir meine janzen Ersparnisse weg. Tut mir leid, ick muss los, vielleicht sieht man sich eines Tages ma' wieda, schönen Tach noch!«

Sprach's und hüpfte mit großen Sprüngen davon.

Und wie das Rosenrot ihn nur noch von hinten sah, da war ihm, als hätte es einen Reißverschluss im Fell des Berliner Bären gesehen. Doch es war sich seiner Sache nicht gewiss.

Nach einiger Zeit schickte die Mutter die Kinder in den Wald, Pfandflaschen zu sammeln. Da fanden sie draußen ein großes Aktenregal, an dem sprang der findige Finanzfahnder Frank-Florian Fuchtel verzweifelt auf und nieder und rief: »So ein Schiet mit dem Schiet, zweihundert Puls hab ich bald, Duuuu! Jetzt hab' ich mir meinen schiet Bart in so 'nem bekloppten Drecks-Aktenordner eingeklemmt und komme nich' mehr los!«

Da fragte die Klappstuhl den Frank Florian Fuchtel: »Wieso ham Sie denn überhaupt so'n langen Bart? Der reicht ja bei Ihnen bis untern Bauchnabel!? Da kann man ja zwei draus machen! Und außerdem: ZZ Top hat grade angerufen, die woll'n ihr'n Bart zurück!«

Da antwortete der findige Finanzfahnder: »Der is' mir gewachsen, als ich auf die Steuererklärung vom Berliner Bär gewartet habe!«

Da holte Klappstuhl ihre Bastelschere aus der Schürze, die sie immer dabeihatte, falls sie mal einem tasmanischen Teufel die Krallen stutzen wollte. Und sie schnitt, schnippschnapp, das Ende des langen Bartes einfach ab.

Da bedankte sich der findige Finanzfahnder Frank-Florian Fuchtel von Herzen und sprach: »Ihr habt wohl Bootslack gesoffen, oder was? Spitzen schneiden hätte gereicht! Lohn's Euch der Kuckuck!«

Und als er sich wieder frei fühlte, griff er mit beiden Händen in das Aktenregal, zog einen großen Sack heraus, der liebevoll mit den Worten bestickt war: »Pfoten wech, dit is' mein Schwarzgeld! Viele Jrüße, der Balina Bär«

Und er machte sich in großen Sprüngen auf seinem

Finanzfahnderfahrrad auf und davon, ohne Klappstuhl und Rosenrot noch einmal anzusehen.

Als die beiden eines Tages von ihrer Mutter, der Witwe Ingeborg Keule, in die städtische Parkanlage geschickt wurden, um in den liebevoll angelegten Beeten einen hübschen Blumenstrauß für den Fliesentisch im heimischen Wohnwagen zu pflücken, da erspähten Klappstuhl und Rosenrot abermals den findigen Finanzfahnder Frank Florian Fuchtel.

Er saß an seinem Finanzfahnderschreibtisch und die Spitze seines langen Bartes hatte sich in der Handkurbel seiner Bleistiftspitzmaschine verheddert. Wütend sprang er auf und nieder, doch er konnte sich nicht befreien. Als er die beiden Mädchen erblickte, rief er: »Och nööö, nich' ihr schon wieder! Noch eine schlechte Bartfrisur und ich seh' aus wie der Horst Lichter! Verschwinde mit Deiner dämlichen Bastelschere! Habt ihr keinen Schraubenzieher? Da schrauben wir die behämmerte Bleistiftspitzmaschine einfach ab und lassen die in meinem Bart hängen. Wie die Makkaroni und den Rest Labskaus von voriger Woche!«

Doch die Klappstuhl sprach: »Ich hab' aber nur 'ne Bastelschere in meiner Schürze, falls ich mal einem tasmanischen Teufel die Krallen schneiden will«

Da rief der Florian: »Wehe! Untersteh Dich!«

Doch zu spät, liebe Kinder: Schnippschnapp, der Bart war ab!

Und wieder war der findige Finanzfahnder Fuchtel sehr dankbar, dass er nun befreit war und sagte:

»Ihr seid wohl total ramdösig geworden, jetzt seh ich aus wie der Brad Pitt, aber untenrum. Danke für nix, ihr missratenen Gören!«

Und er griff nach einem Sack, auf dem in großen Lettern geschrieben stand: »Pfoten weg, Eigentum vom Balina Bären, zu Händen Jeldwäscherei«

Und er rannte mit dem Sack auf dem Rücken auf und davon.

Die Mädchen waren an seinen Undank schon gewöhnt, setzten ihren Weg fort und pflückten einen herrlichen Blumenstrauß, in den mit öffentlichen Geldern liebevoll angelegten Beeten der städtischen Parkanlage.

Als sich Klappstuhl und Rosenrot auf ihrem Heimweg noch einen saftigen Märchenküstenkrabbendöner holen wollten, kamen sie an einer Lichtung vorbei, auf der der findige Finanzfahnder Frank-Florian Fuchtel gerade die Reichtümer aus den Säcken des Berliner Bären und sein gesamtes Lager an Hehlerware ausgebreitet hatte. Jedes einzelne Stück fotografierte und katalogisierte er für die amtliche Beweissicherung. Die Abendsonne schien über die glänzenden Edelsteine, die verchromten Fahrradersatzteile und auch die vielen funkelnden Handys, die einst vor den Augen des Berliner Bären von einem Lastwagen gefallen waren.

Das alles sah so prächtig aus, dass die beiden Mädchen staunend und mit offenem Munde stehenblieben und den verlockend leuchtenden Glitzertinneff betrachteten.

Da sagte der findige Finanzfahnder Fuchtel: »Sagt mal, sucht ihr Anschluss, oder warum rennt Ihr mir'n ganzen Tach hinnerher? Zum Glück is' mein Bart jetzt so kurz, dass er sich nirgendwo mehr verfangen kann. Deine Bastelschere kannste stecken lassen, Du olle Zippe!«

Und er wollte gerade mit seinen Scheltworten fortfahren, als sich ein lautes Brummen hören ließ und ein schwarzer Bär aus dem Walde herbeitrabte.

Erschrocken sprang der findige Finanzfahnder auf, aber er schaffte es nicht mehr auf sein pinkes Finanzfahnderklapprad. Und schon hatte der Bär seine Zeigekralle in seiner Krawatte eingehakt und hob ihn daran nach oben, so dass die kleinen Finanzfahnderfüßlein in ihren hässlichen braunen Mokassins lustig in der Luft zappelten. Da sprach der Bär: »Hallo Mädels, ick bin's ma wieder, der Balina Bär!«

Und zu dem findigen Finanzfahnder: »Und nu ma' zu Dir, mein Freundchen, dit trifft sich ja jut, ick hatte nämlisch heute noch keine Bulette, weil es an diese janzen Märschenküste nur Frikadelle jibt! Rosenrot, jib mir ma' ne' Flasche Ketchup, da rutscht der trockene Finanzfahnder besser runta!«

Da rief der Herr Fuchtel in Herzensangst: »Lieber Berliner Bär, verschone mich, ich will Dir auch alles geben, siehst Du das viele Geld, die schönen verchromten Fahrradersatzteile und die vielen funkelnden Handys, such Dir was aus und friss lieber die bescheuerten Blagen hier, sonst gehen Dir die noch mit ihrer bekloppten Bastelschere ans Fell. Musst Du selber wissen!«

Doch es nützte alles nichts! Die Rosenrot zog eine rosenrote Flasche Ketchup aus ihrer Schürze und der Berliner Bär hatte so großen Hunger, dass er den findigen Finanzfahnder Frank Florian Fuchtel an Ort und Stelle verspeiste.

Zufrieden rülpste er zweimal und bohrte sich mit den spitzen Krallen den zähen Krawattenknoten des Finanzfahnders aus den Zahnzwischenräumen.

Die Mädchen waren vor Angst fortgesprungen, aber der Berliner Bär rief ihnen nach: »Hierjeblieben, Ihr müsst keine Angst ham, ick bin doch jetzt satt! Und außerdem, könnt Ihr mir ma helfen, ick komm einfach nich' ran an den Reißverschluss uff'm Rücken.«

Da zog die Klappstuhl eine mannshohe Trittleiter aus ihrer Schürze und sprach: »Na bloß gut, dass ich immer 'ne Trittleiter dabei hab, falls ich ma 'ne Glühbirne wechseln muss, wenn's zu dunkel is' – un' ich 'nem tasmanischen Teufel mit meiner Bastelschere de Krallen schneiden will.«

Da freuten sich alle, die Klappstuhl stieg die Trittleiter empor, griff nach dem Zipper, hielt sich daran fest und rutschte ratschend dem Berliner Bären am Reißverschluss den Buckel runter.

Und siehe da, das Bärenfell zerfiel in zwei Hälften und vor den beiden Mädchen standen zwei wunderschöne Proletenprinzen, von denen der eine der Kopf und der andere der Hintern des Bären gewesen war. Und die beiden sprachen: »Guten Tag, wir sind's – die Gebrüder St. Peter und Ording. Danke, dass ihr uns aus dem scheiß Bärenkostüm befreit habt. Seit der 750-Jahr-Feier von Berlin-Herzegowina stecken wir in dem stinkigen Kostüm fest, weil wir einfach dreißig Jahre nich' an den Reißverschluss gekommen sind. Also, das wurde ja echt ma' Zeit!«

Da holte die Rosenrot ein hölzernes Fass voll Deodorant aus ihrer Schürze und dieselte die beiden Proletenprinzen damit ein, sodass sie, statt nach Bärenpopo, nun nach Marzipan und Rosen dufteten.

Und da, liebe Kinder, war es um Klappstuhl und Rosenrot geschehen, und ihre rosa Mädchenherzen standen vor Liebe lichterloh in Flammen.

Da sprach die Rosenrot: »Also Klappstuhl, wie machen wir's? Ich nehm' den St. Peter und Du den Ording?«

Doch ihre Schwester rief: »Dir is' wohl beim Wassertrinken der Klodeckel auf'n Kopp gefallen? Ich heirate doch keinen Bärenmors!«

Und so mussten Klappstuhl und Rosenrot schließlich Schnick, Schnack, Schnuck spielen, wer von beiden den Kopf und wer den Hintern des Berliner Bären heiraten durfte.

Und sie lebten gesund, glücklich und zufrieden, in Saus und Braus – bis sie eines Tages versuchten, einem tasmanischen Teufel mit der Bastelschere die Krallen zu schneiden.

Jorinde und Joringelpiez

Es war einmal ein alter Gnadenhof an der übergewichtigen schleswig-holsteinischen Märchenküste, darinnen wohnte die zwielichtige Hexe Oksana Ochsenschmalz. Sie war eine sehr böse Frau, so böse wie ein tasmanischer Teufel beim Krallenschneiden mit der Bastelschere, nur noch sieben Mal böser. Sie tat aber zu jedermann freundlich und wenn mal ein Rindvieh oder ein Eselein zu alt für die Arbeit am Fließband geworden war, dann brachten's die Leute zu ihr hin.

Doch der Gnadenhof der Alten war nur eine Fassade und dahinter stand eine mit Knackwurst und Zwiebeln verzierte, geheime Konservenfabrik mit hundert rauchenden Schloten aus purem Gold. Dort führte sie die armen Tiere hin und drehte sie durch den bösen Fleischwolf.

Der Verbrauch der Fabrik an Wurstbrät war so unermesslich, dass die alte Hexe zu all den Tieren auch noch Wandererinnen, Pilzsammlerinnen, Försterinnen und Traktoristinnen fing, wenn sie sich in der Nähe verlaufen oder verfahren hatten. Aus den Unglücklichen machte sie ihre Märchenküstenspezialitäten: den Lübecker Lebwohlkuchen und Kalbslebwohlwurst.

Nicht selten erhielt sie begeisterte Dankschreiben ihrer treuen Kundschaft:

Sehr geehrte Oksana Ochsenschmalz,

also, mit ihrer Rotkäppchensülze könnt' ich mir 'ne Wanne einlassen!

Herzlichst
Ihr lieber, böser Wolf

oder

Liebe Oksana,

unter Kolleginnen muss ich anerkennend sagen: Dein Kinderbrei schmeckt genau wie mein Selbstgemachter!

Beste Grüße
Karin Knusperhexe

Nun war einmal eine junge Frau, die Jorinde Petersen, die hatte ein Lächeln so schön wie der Kühlergrill an einem frischgewaschenen Linienbus. Ihre Haare waren wild und spannend wie elektrischer Weidedraht und sie duftete lieblich wie ein verbeulter Drogerietransporter an einem blühenden Aleebaum. Ihr Verlobter war ein adliger Jüngling: der schöne Prinz Joringelpiez von Anfassen. Und weil der schöne Joringelpiez von Anfassen seinem Namen immer wieder alle Ehre machen wollte, spielten die beiden oft Fangen, denn die Jorinde Petersen war ein anständiges Mädchen.

Eines Tages jagte der Joringelpiez seine Jorinde längs der Märchenküste, bis sie aus den Flanken dampfte. Da kamen sie an einen finsteren, fressüchtigen Wald, um den viele Warnschilder aufgestellt waren, auf denen geschrieben stand: »Hau lieber ab!« und »Mach Dich vom Acker, Du Flitzpiepe!«

Doch die Jorinde achtete die Schilder nicht und rief: »Komm mir doch hinterher, wenn Du Dich traust!«

Doch der Joringelpiez von Anfassen sprach: »Du kannst wohl nich' lesen, Du Trulla? Da sollen wir nich' reingeh'n!«

»Feigling!«, rief da die schöne Jorinde und lief noch tiefer in den Wald, wobei sie leider die Schilder übersah, auf denen geschrieben stand: »Eltern haften für ihre Kinder!«, »Letzte Bockwurst vor der Todeszone!« und »Ab hier musst Du selber wissen!«

Jauchzend sprang sie immer tiefer in den finsteren Fichtenwald und alsbald sah sie das efeubewachsene Eingangstor des Gnadenhofs »Hufe hoch« und hörte das tiefe, beruhigende Brummen der Wurstmaschinen. Sie freute sich und sprach: »Na das is' ja mal 'n Versteck, hier findet mich der Döspaddel nie! Da kann sich der Joringelpiez von mir aus mal schön selber anfassen!«

Und Jorinde huschte an den Schildern voller Totenschädel vorbei, die unübersehbar um die Fabrik standen, und sie lief sogar an den Schildern vorbei, die noch einmal gesondert auf die Schilder mit den Totenköpfen hinwiesen und rannte geradewegs in den Hof.

Im Hofe aber stand die alte Hexe Oksana Ochsenschmalz in einer weißen Gummischürze, hatte einen Fuß auf den Hackklotz gestellt und holte mit ihrem Hackebeil aus, um sich die Zehennägel zu kürzen. Als die Hexe das schöne Mädchen Jorinde erblickte, da wackelte sie mit dem Kopfe wie ein Wackeldackel und sprach freundlich: »Ich seh wohl nich' richtich! Was machst Du denn hier? Du hast wohl die Warnschilder nich' gesehen?«

»Ach was. Warnschilder sind doch Mainstream. Ich informier mich nur noch im Internet. Und da steht: »Schöner Gnadenhof, tierlieb, nette Chefin, fünf Sterne, Daumen hoch! Und das Beste ist die Leberwurst zum Frühstück.«

Da musste die Alte sehr lachen, denn sie erinnerte sich, dass sie diese Bewertung erst vor kurzem auf Gnadenhofvergleich24 selbst abgegeben hatte. Doch dann lief ihr angesichts des zarten Mädchens das Wasser im Munde zusammen und sie holte ihren verbogenen Zauberstab heraus und sprach:

»Krötenfuß und Donnerknall!
Jorinde wird zur Nachtigall!«

Und sie schwang ihren krummen Zauberstab über dem Mädchen, und es knallte und puffte wie sieben Donnerwetter über den sieben Autoreifenbergen und als sich die große Wolke Pfefferminznebel verzogen hatte, da saß dort ein dickes Schweinchen und grunzte mit glänzendem, rosa Rüssel.

Da sagte die Hexe: »Wie jetzt? Was is'n hier los? Jetzt hab ich der aus Versehen ein Joringelschwänzchen gehext! Ich sollte meinen Zauberstab aus der Hinterntasche nehmen, wenn ich mich zum Fernsehn aufs Sofa plumpsen lasse. Der is' ja schon so krumm, der hext ja um die Ecke.«

Und die Jorinde mit dem Joringelschwänzchen sprach: »Das machst Du noch mal! Du bist wohl zu töffelig zum zaubern? So ein Schiet mit dem Schiet! Zweihundert Puls hab ich bald, Duuu! Das steht so nich' im ›Neues von der Märchenküste‹-Märchenbuch! Außerdem kommt das ja erst zu Ostern raus! Du zauberst mir sofort den Schweinebauch wieder weg, oder ich hol die Gebrüder Grimm!«

Doch die Alte erwiderte: »Also mit den Gebrüdern Grimm brauchste nich' gleich wedeln! Mein Zauberstab is' halt krumm. Hätt' ich vielleicht nich' beim 1-Taler-Shop kaufen soll'n.«

Da erhob sie den Zauberstab erneut, machte einige sinnlose magische Bewegungen und sprach:

„Jetzt ham wir hier den Sonderfall:
Statt Schwein will ich 'ne Nachtigall!»

Da rumste und bumste es in wohlbekannter Weise und als sich die Wolke aus nach Babypopo duftendem rosa Glitzerpuder verzogen hatte, da hatte das Schwein ein Paar kleine Stummelflügel auf dem

Rücken. Zu allem Überfluss war der unglücklichen Kreuzung aus Schwein und Nachtigall nun auch die menschliche Sprache abhandengekommen.

»Hmm«, sagte die böse Hexe Oksana Ochsenschmalz. »Das war nu auch nich' das Gelbe vom Drachenei. Der Zauberstab is' hinüber. Der kann wech.«

Sie schmiss ihren Zauberstab wütend in die Altzauberstabtonne, während die pralle Schweinigall Jorinde Joringelschwänzchen brummend wie ein überladener Hubschrauber vom Boden abhob, durch die Luft ins Geäst eines benachbarten Baumes taumelte und sich dort auf den Zweigen niederließ, die sich unter dem beachtlichen Kotelettgewicht ächzend gen Erdboden neigten.

Als sie es sich im Geäst gemütlich gemacht hatte, schüttelte die Schweinigall ihr borstiges Gefieder, holte tief Luft, wie der Blasebalg einer speckigen Ziehharmonika und stimmte ihren bezaubernden Gesang an: »Oink! Oink! Oink!«

Da brach auf einmal der Joringelpiez von Anfassen aus dem Unterholz. Er sprach zu der Hexe: „Sie werden entschuldigen, junge Frau, ich bin auf der Suche nach meiner Freundin!«

Doch bevor die Hexe auf die Schweinigall im Geäst zeigen konnte, brach der Zweig unter ihr laut krachend ab und Jorinde Ringelschwänzchen fiel dem schönen Joringelpiez von Anfassen auf seine adlige Rübe. Da erstarrte der Joringelpiez zur Salzstange.

Als er aus seiner tiefen Ohnmacht erwachte und sich wieder bewegen konnte sprach er: »Auuu! Ham

Sie vielleicht mal zwei Aspirin und 'n Eisbeutel? Und außerdem! Was hast denn Du mit meiner Freundin gemacht, Du dämlicher, alter Besen?«

Die Hexe tat recht unschuldig und murmelte etwas von billigem Chinaplunder und dass man seine Zauberstäbe nicht im Märchenküsten-1-Euro-Shop kaufen sollte.

Da fiel der Joringelpiez vor die mächtige Zauberin hin und heulte dicke Tränen, die so weit spritzten wie die Arschbombe eines Nilpferds vom Fünfmeterturm. Und er bettelte und flehte: »Liebe, böse Hexe, gib mir meine Jorinde zurück, Mann! Ich hab schon den Verlobungsring für ihr zartes, schlankes, filigranes Fingerlein gekauft und nu schau Dir mal Ihre Schweinehufe an!«

Doch die böse Hexe und Undercover-Konservenfabrikantin Oksana Ochsenschmalz keifte: »Vergiss es! Die kommt in die Kalbslebwohlwurst! Sobald die sieben Geißlein durch den bösen Fleischwolf gedreht sind, is' die Jorinde Joringelschwänzchen dran, so wahr ich Rumpelstilzchen heiße!«

»Aber Du heißt doch gar nicht ... Moment mal, sind hier alle irre geworden?«, rief der Joringelpiez entgeistert.

»Ach ja! Falsches Märchen«, erwiderte die Hexe. »Also vergiss es, die kommt in die Wurst! Und jetzt hau ab, ich will auch bloß nach Hause.«

Da irrte der adelige Jüngling Joringelpiez von Anfassen sieben Frühlinge, sieben Sommer, sieben Herbste und sieben Mal so was Ähnliches wie Winter durch die Lande und suchte ein Gegenmittel gegen den bösen Fluch, der seine holde Jorinde in eine zwitschernde Schweinigall verwandelt hatte.

Eines Tages hatte der Joringelpiez einen seltsamen Traum: Er sah sich, nur mit Cowboystiefeln bekleidet, nackend auf einem Fischerkahn und immer, wenn er sein Netz einholte, saß darin der weltberühmte Psychologe Dr. Sigmund Freud und sang La Paloma. Dann klingelte es auf einmal in dem Fischerkahn, und eine Tür, die da nun wirklich nicht hingehörte, öffnete sich und davor standen zwei Standesbeamte im Baströckchen, die ihm eine Zehnerkarte für Erdbeben verkaufen wollten.

Da erwachte der Joringelpiez aus seinem wirren Traume und rief: »Jawoll! Ich hab's! Zehnerkarte! Das isses! Ich kaufe mir einfach 'ne Zehnerkarte Gegenflüche, dann hat die alte Hexe keine Chance mehr!«

Noch vor dem Zähneputzen bestellte er bei Zauberticket-online eine Zehnerkarte Gegenzaubersprüche. Am nächsten Tage machte er sich auf zu der geheimen Konservenfabrik im dem kleinen, finsteren Warnschilderwald.

Doch die Schilder mit den Totenköpfen waren verschwunden und hatten großen, bunten Reklametafeln Platz gemacht, auf denen zu lesen war: »Heute Schlachttag! Lecker Schweinigallenleberwurst im Angebot!«

Da bekam der schöne Joringelpiez von Anfassen einen Riesenschreck, und rannte, so schnell ihn seine säbelkrummen Beine trugen.

Doch der Hof der Wurstfabrik war so riesig, dass er nicht wußte, wohin er zuerst laufen sollte! Der listige Joringelpiez aber orientierte sich einfach am Geruch und lief dem zarten Duft von Nachtigall hinterher, der aus dem Schweinestall kam. Dort nahm Joringelpiez die Witterung der Schweinigallenfährte auf und kroch schnüffelnd auf allen Vieren der Duftspur hinterher, bis er in der majestätischen, schmuddeligen Wurstküche ankam. Da vernahm er die liebliche Stimme seiner Verlobten Jorinde, die kopfüber an einem Fleischerhaken über einem großen, dampfenden Topf voll kräftiger Brühe hing,

Und die Schweinigall Jorinde Joringelschwänzchen rief in ihrer Not: »Oink! Tirili! Oink! Oink!«

Da war der Joringelpiez ganz ratlos, denn obwohl er sogleich »Oink, Tirili, Oink, Oink« googelte, bekam er nur die Auskunft, dass »Oink« sechshundertsiebenundvierzig unterschiedliche Bedeutungen haben könnte, je nach Betonung. Doch weil der Joringelpiez zwar doof, aber so doof auch wieder nicht war, rief er: »Ich rette Dich, meine holde Jorinde Joringelschwänzchen! Bleib einfach, wo Du bist!«

Und die Jorinde Joringelschwänzchen antwortete: »Oink oink«, was soviel bedeutete wie: »Ich bin vielleicht mal gefesselt, Du Torfkopp, und hänge über einem Kochtopf voll dampfender Brühe! Was soll ich denn sonst machen, als hierbleiben?«

Die Alte, die gerade dabei war, dass Seil durchzubeißen, an dem Jorinde Joringelschwänzchen über dem Topfe hing, sah den Jüngling und wurde fuchsteufelswild, wie ein Teenager beim Onlinespielen.

»Du schon wieder! Du willst wohl Dein feines Liebchen holen? Aber das kannst Du Dir von der Backe feudeln, die kommt in die Wurst! Und wenn Du nich' gleich abhaust kommst Du in die Knackwurst, so beknackt wie Du bist!«

Sie griff nach ihrem Hexenwaffenholster, wo sie normalerweise ihren durchgeladenen Zauberstab bereithielt, doch den hatte sie ja bereits ordnungsgemäß entsorgt. Da rief sie: »Verdammte Axt! Wenn ich meinen Zauberstab noch hätte, wärst Du längst Mortadella! Und jetzt muss ich hier auch noch mit der Hand zaubern, das is' voll Neunziger!«

Und während Blitze aus ihren Handflächen schossen und sich ihre Haare in unzählige Schlangen verwandelten schrie sie wie eine Furie:

»Eene meene miste,
Knackwurst biste!«

Doch der Joringelpiez von Anfassen holte schnell seine Zehnerkarte saftiger Gegenflüche heraus, riss einen Abschnitt ab und rief:

»Mit dem Zaubern ist es aus
Rück' meine Schweinigall heraus!«

Da könnt Ihr Euch vorstellen liebe Kinder, wie viele alberne Flüche und Gegenflüche da hin und her, und wie viele schlechte Reime da über die Theke gingen. Schließlich fielen der alten Hexe keine sinnlosen Verwünschungen mehr ein. Der Joringelpiez hatte aber noch einen letzten Abschnitt von seiner magischen Zehnerkarte übrig und wurde so Sieger im Zauberduell.

Plötzlich flog die Tür auf und ein Bischof in einem purpurnen Gewand stand in der Türe und rief: »I bims, die spanische Inquisition!«

»Upps«, sprach da die Hexe. »Damit hatte ich nun wirklich nicht gerechnet!«

»Niemand rechnet mit der spanischen Inquisition!«, sagte der Bischof und schleppte das keifende Weib hinfort, um ihr den Hexenprozess zu machen und ihr ein Knöllchen wegen halbherzigen Herumfluchens zu erteilen. Etwas später wurde zudem die Konservenfabrik der Hexe behördlich geschlossen, weil die Stiftung Märchentest herausgefunden hatte, dass in der Bärchenwurst zu wenig Bären, aber in der Wurst mit Gesicht zu viel Gesicht war.

Der Joringelpiez von Anfassen aber besann sich: »Wie geil is' das den? Einen Abschnitt von meiner Zehnerkarte hab ich ja noch! Damit kann ich ja ganz leicht den Fluch von meiner geliebten Schweinigall Jorinde Joringelschwänzchen lösen!«

Die Schweinigall baumelte immer noch wie ein geflügelter, rosa Kronleuchter aus Schwarte über dem Suppenkessel, als sich der Joringelpiez anschickte, sie zu befreien. Er stieg, den letzten Gutschein seiner magischen Zehnerkarte in der Hand, auf den Rand des Topfes und rief siegesgewiss: »Oh, aua! Schiet is' das heiß!«

Und weil er sich am heißen Kessel gewaltig die Flossen verbrannt hatte, pustete er aus Leibeskräften auf seine geröteten Finger. Da flog der letzte, magische Gutschein aus seinen zitternden Griffeln und wehte in den Suppenkessel. Der Joringelpiez fischte ihn sogleich behende wieder aus der Wurstbrühe, um ihn zu trocknen, doch da fiel sein Blick aufs Kleingedruckte: »Zerrissen, gelocht oder gekocht ungültig!« stand da in Buchstaben, deren Tinte verschwamm und sich in der Brühe verlief, kaum dass Joringelpiez fertig gelesen hatte.

»Na, Klasse! Auch das noch! Kein Zauberguthaben mehr! Und da hängt die Schweinigall Jorinde Joringelschwänzchen, und die hat büschen wenig mit dem zu tun, in was ich mich verlobt hab.«

Doch weil die Schweinigall eine so liebliche Stimme hatte und der Joringelpiez von Anfassen keine Geduld mehr, seinem Namen endlich Taten folgen zu lassen, da befreite er sie aus ihrer misslichen Lage, und ging zum Hufschmied, während sie brummend, aber in bester Laune, wie eine betrunkene Riesenhummel in Schlangenlinien neben ihm herflog. Beim Hufschmied angekommen, ließ er seiner Liebsten den Ring so erweitern, dass er auf ihre drallen Schweinehufe passte.

Da könnt Ihr Euch vorstellen liebe Kinder, wie festlich die beiden Hochzeit gefeiert haben, denn wo die Liebe hinfällt, da wächst kein Gras mehr! Sie tanzten sieben Tage lang, bis es nach gekochtem Schinken roch und die Schweinigall Jorinde Joringelschwänzchen mal eine Pause brauchte. Dann führte der schöne, adelige Jüngling Joringelpiez von Anfassen die Schweinigall seines Herzens ins eheliche Schlafgemach. Und er legte Ihren Huf in seine Hand und sprach mit zärtlicher Stimme: »Das hat ja gedauert. Ich bringe Dir morgen zum Frühstück 'n leckeren Eimer Kartoffelschalen ans Bett.«

Da wars die Schweinigall zufrieden und Jorinde Joringelschwänzchen von Anfassen, geborene Petersen, sprach: »Oink! Oink!«

Dieses Buch basiert auf Schleswig-Holsteins
lustigstem Podcast:

**Neues von der Märchenküste
mit Frank Bremser**

Alle bisherigen Geschichten
und immer neue Folgen hören Sie auf
www.RSH.de und in der R.SH-App.

Scannen Sie mit der Kamera Ihres Smartphones
einfach diesen QR-Code und schon geht's los.

Viel Spaß beim Hören!